藝　文　叢　刊

故宫楹聯

〔清〕潘祖蔭　編
郭大帥　點校

浙江人民美術出版社

圖書在版編目（CIP）數據

故宫楹聯 / （清）潘祖蔭編 ； 郭大帥點校. -- 杭州：浙江人民美術出版社，2025. 1. --（藝文叢刊）.

ISBN 978-7-5751-0404-3

Ⅰ. I269.6

中國國家版本館CIP數據核字第2024E7Y473號

藝文叢刊

故宫楹聯

〔清〕潘祖蔭 編　郭大帥 點校

責任編輯：霍西勝
責任校對：張金輝
責任印製：陳柏榮

出版發行　浙江人民美術出版社
　　　　　（杭州市環城北路177號）
經　　銷　全國各地新華書店
製　　版　浙江大千時代文化傳媒有限公司
印　　刷　杭州高騰印務有限公司
版　　次　2025年1月第1版
印　　次　2025年1月第1次印刷
開　　本　787mm×1092mm　1/32
印　　張　5.875
字　　數　115千字
書　　號　ISBN 978-7-5751-0404-3
定　　價　38.00圓

出版説明

對聯或稱楹聯、楹帖、聯語、對子，是我國悠久的文學創作及應用形式。據考證，楹聯肇始于五代蜀孟昶之桃符。至宋元間，已多見於宮殿、書院、寺觀、齋館。至明清而極盛，此時的楹聯不但創作者日趨衆多，應用範圍更加廣泛，且聯句的長度和句式結構也變得越來越複雜。

故宫作爲明、清兩朝的皇家居所，建築規模宏大，重樓疊閣，千門萬户，爲楹聯創作及施用提供了巨大空間。梁章鉅《楹聯叢話》卷二載：「紫禁城中各宫殿、門屏、槅扇，皆有春聯。每年于臘月下旬懸挂，次年正月下旬撤去。或須更新，但易新絹，分派工楷法之翰林書之，而聯語悉仍其舊。聞舊語系乾隆間敕儒臣分手撰擬，皆其時名翰林所爲，典麗矞皇，允堪藻繪升平，祓飾休美。」而吴振棫《養吉齋叢録》卷十九載：「十二月封寶前一日，進門聯門，屏槅扇皆具，同門神懸掛。次年正月下旬撤去。門聯用白絹錦闌墨書，輝映朱扉，色尤鮮麗，以翰林工楷法者書之。」

從上述材料中，我們可以發現以下三點：其一，故宫中的春聯是臘月下旬懸挂而正月下旬撤去。其二，其所用書寫材料乃是白色的絹布，且可反復利用。其三，聯語據云乃係朝中翰林所撰所書，聯語通常也不作改動。這即意味著故宫的楹聯大體可以分爲兩個體系，其一即我們今天猶可見到的常設楹聯，其二，則是時令節俗纔懸掛的臨時楹聯。

目前有關故宫楹聯的整理與研究，大多是有意或無意地圍繞著常設楹聯展開的（部分則混淆常設、臨時而爲一），因爲常設楹聯在近現代以來雖然遭受了一定的變動乃至破壞，但整體保存相對完好，且數量仍然較爲龐大，足夠相關研究之取資。而有關故宫臨時楹聯的研究，則長期付之闕如，究其原因不外「文獻不足故也」。

上海圖書館藏有一部《故宫楹聯》，或許可以補充故宫春聯方面的文獻匱乏。該書凡五册，以小楷書於「松竹齋」朱絲欄稿紙上，每半葉八行，滿行十五字。頁眉頂格標注有「景仁宫」「坤寧宫西一路」等字樣，退一格標注「東板房」「單扇門」等字樣，當爲對應楹聯張掛、黏貼之位置，每册後均有「以上共若干對」字樣，共收録楹聯一千兩百餘副。

翻閲書中所載楹聯，如開篇景仁宫近光左門「春紀八千，和風翔壽域；皇居九五，香霧靄仙宫」一聯，與《楹聯叢話》基本一致，惟「壽域」後者作「壽宇」，「香霧」後者作「香露」。以上下文意揆之，「和風」吹拂「壽域」和「壽宇」皆可通；而「香霧靄仙宫」似較「香露靄仙宫」更加妥帖，畢竟「露」似難言「靄」者，當以前者所載更加準確。此其價值之一。另外，《楹聯叢話》所載春聯均見於《故宫楹聯》，而故宫常設楹聯均未見於《故宫楹聯》，再由書中所載楹聯多如「宫雲三五色，禁柳八千春」「春浮韶景麗，天近惠風多」「春爲催梅早，風因解凍和」等與春節契合的情況來看，此部《故宫楹聯》當爲記載春聯之專書。此其價值之二。

此書無抄録者信息，據圖書館著録乃是潘祖蔭所抄録。潘祖蔭（一八三〇—一八九〇），字東鏞，小字鳳笙，號伯寅，亦號少棠、鄭盦，齋名攀古樓、滂喜齋，江蘇吴縣（今蘇州）人。潘氏爲咸豐二年（一八五二）探花，授編修，累官至光禄寺卿。嘗數掌文衡殿試，在南書房近四十年。而《楹聯叢話》載，其所録故宫春聯之來源：「章巨以珥筆樞垣，出入承明者數載，千門萬户，多在睹記之中。又間從清秘堂翰林處鈔録成帙，雖未全備，已成巨觀。」那麼，本書則有可能即爲清秘堂翰林處所藏之全部了。

此次謹據該本予以點校整理。需要特别説明的是，一是書中頁眉所標注懸掛位置書寫不盡規範，故點校過程中對個别標注酌情作了調整；二是書中延禧宫部分楹聯存在重出情况，本次點校出於尊重文獻原貌的考慮，未敢貿然删减。因水平所限，加之成書倉促，書中訛誤在所難免，請讀者不吝賜教。

點校者

甲辰大雪，於邑山堂

目録

卷五

卷一

景仁宫

近光左門

春紀八千，和風翔壽域；皇居九五，香霧靄仙宫。

東板房

玉屑凝仙掌，香煙繞御鑪。

單扇門

宫雲三五色，禁柳八千春。

西板房

日月臨青瑣，星辰麗紫霄。

單扇門

紅雲連鳳闕，綺旭上龍旗。

近光左門内屏門

瑞啟青陽，軒雲承翠幄；祥開黄道，羲日展金輿。

咸和左門

蓂映彩椽，堯年歌擊壤；雉來重譯，周澤慶同文。

北邊東板房

宫漏花邊暖，天香雲際濃。

春浮韶景麗，天近惠風多。

萬年丹地樹，四海寶蘭花。

春從和氣洽，恩與物華新。

北邊西板房單門

湛露軒轅甕，華星太乙藜。

景曜門

紫氣浮宫，喜金甌之永固；黄星繞甸，知寶祚之長春。

景仁宫門

五鳳雲開，迎於霄漢；九龍日麗，周以鉤陳。

左右單門

堯樽獻壽傳三祝，舜樂揚徽奏五雲。
露滋瑞草榮三秀，雲靄仙枝聳萬年。

景仁宫大殿前面槅扇

東皇瑞擁春光到，南極恩先淑氣凝。

殿内東西暖閣

虹文環桂殿，燕字集芳庭。
皇圖春布暖，聖藻日分暉。

大殿後面槅扇

淑氣運璇衡，快覩蒼龍春轉；和風翔寶閣，欣瞻赤羽晴薰。

大殿前東西配殿槅扇

繽紛仙仗環宸幄，馥郁天香繞御鑪。
三元應律開隆運，五緯經天握化機。

大殿傍東西牆門

銀榜天門日，金垣月砌花。
陽德同春運，皇禧與日新。

二層殿槅扇

景風占歲籥，佳氣動雲韶。

二層東西殿槅扇

雲日天當午，鶯花月建寅。
春爲催梅早，風因解凍和。

二層殿傍東西牆門

金盤呈瑞彩，玉燭結祥煙。
紫芝春育鳳，碧樹曉棲鸞。

東後角門

黄鐘律轉彤扉曉，青帝陽回紫禁春。

坤寧宫西一路

西暖殿朝南槅扇

日升川至芳徽茂，柏馥椒香淑景長。

南牆過門

曉光開繡甸，春色滿芳林。

曲尺轉角門

和風縈彩仗，佳氣接彤墀。

西牆過門

天連雙鳳闕，地接九龍池。

西邊隨牆門

芸香飄乙夜，芝檢映千秋。

西邊板院北圍廊

閶闔韶光滿，蓬萊曙色多。

西板院外東三間

椒壁春光早，珠簾曙色新。

西四間

金鋪開麗景，玉燭應祥風。

板院門朝東雙扇門

河山環紫極，雲物護宸居。

路隨南極轉，門對北辰高。

端則門

寶幄凝庥，璧合珠聯瞻瑞彩；彤闈衍慶，螽斯麟趾兆嘉祥。

朝北板門

鳷鵲觀連雙闕迥，鳳凰樓擁五雲高。

增瑞門穿堂槅扇

瑞雪霽南山，寒回玉宇；條風噓北斗，春滿金甌。

增瑞門

鳦鳥傳長發，蒼龍協永綏。

圍　房

涵三凝道思，得一炳祥符。

隆福門

暖律初回，閶闔雲開六幕；蕃釐永錫，氤氳瑞起三陽。

左右耳房

晴輝依紫樹，芳氣暖仙桃。

階草分三秀，庭花發萬年。

南板牆朝北單門

斗柄春回雲彩度，宫壺晝静日華明。

乾清宫西一路

鳳彩門

軒閣圖成雙羽下，虞庭樂奏九苞來。

鳳彩門槅扇

藹幄香濃，玉案晨浮青靄；芝房曲奏，靈璈夜徹紅雲。

宏德殿槅扇

花動玉階鶯送曉，韶開金闕鳳來儀。

南牆雙扇門

錦牆通淑氣，繡闥轉光風。

西牆雙扇門

六合清澄光泰宇，萬方和會樂昇平。

懋勤殿北三間槅扇

祥光曉映三元殿，春色遥瞻一朵雲。

懋勤殿居中槅扇

日映龍顏垂繡袞，雲生雉尾接天香。

懋勤殿往南三間批本房槅扇

有道萬年調玉燭，太平四海鞏金甌。

月華門

瑞啟日中，霞映龍墀晴色迥；春來天上，煙融鳳闕曙光高。

左右耳房

雕櫳通瑞靄，玉律轉年華。

宜春飛彩燕，送喜泛椒花。

往南西圍廊朝東奏事處槅扇

左掖春光明玉樹，西山霽色上金鋪。

往南西圍廊朝東單右門

閣道風清千步輦，慶霄日麗萬年枝。

曙動扶桑影，春暉若木華。

南圍廊朝北南書房槅扇

五色金芝連碧漢，千叢玉樹發青陽。

宏德殿西圍廊房鑽山門

雕櫳通瑞靄，綺閣動天香。

乾清宫東一路

龍光門

北闕晴光先蕙草，東風芳信到梅花。

龍光門槅扇

德化覃敷，千載咸蒙樂利；祥風普被，萬方共仰昇平。

昭仁殿槅扇

東風律應千門曉，北斗杓回萬象新。

昭仁殿南牆雙扇門

金魚司夜鑰，玉兔守星門。

昭仁殿東牆雙扇門

曈曨日照龍樓左，璀璨春生鳳閣東。

東圍廊鑽山門

彩雲垂蕙檻，淑氣布薇垣。

端凝殿居中槅扇

萬里山河歸禹甸，千春福壽祝堯封。

端凝殿北次間御茶房槅扇

綵殿香浮瞻象緯，瑶階春霽聽簫韶。

自鳴鐘房

晚聽銅籤揮鳳藻，早開金鑰詣龍樓。

日精門

日麗金門，五色雲屏三島近；風和玉殿，九霄彩仗百花新。

左右耳房

三宫春布令，百禄日來同。

陽和舒化日，雲物兆豐年。

藥房槅扇

碧漢晴光調玉燭，紫垣香靄映金鋪。

藥房内槅扇

雲霞浮碧瓦，鸞鶴近雕梁。

東圍廊朝西單右門

墀影舒鸞舞，檐聲奏鳳鳴。

東圍廊朝西單右門内隔斷雙扇門

蕊珠來帝苑，羣玉接仙家。

南轉角圍廊朝北單門

星辰拱帝座，麟鳳焕宸居。

南圍廊東朝北上書房

旖旎暖風飄御柳，繽紛瑞雪點宮梅。

東上書房内東隔斷門

雲霞飛瑞藻，星斗傍瑶編。

東上書房内西隔斷門

和風添淑景，麗日布春暉。

南圍廊西朝北上書房

霞明珠幌迎春景，日照金鋪豔曙暉。

西上書房内東隔斷門

祥蓂儀鳳羽，青瑣曜蠙輝。

西上書房内西隔斷門

雲彩浮珠檻，春光滿瑣闈。

上書房西頭聖人堂單右門

雉尾開春殿，椒花獻壽杯。

大和門

大和門居中

龍德位中，萬國共球歸正朔；天顔有喜，九重雨露遍春暉。

左　門

日麗丹山，雲繞旌旗輝鳳羽；祥開紫禁，人從閶闔覲龍光。

右　門

鵷觀翔雲，九譯同文朝玉陛；龍樓焕彩，八方從律度瑶閶。

昭德門

迎氣東郊，盛德洽青陽左陛；瞻雲北闕，祥光繞紫極中宫。

貞度門

萬國咸和，五鳳翔雲吹玉律；兆民有慶，六鼇拱極奠金甌。

協和門居中

協氣東來，禹甸琛球咸輯瑞；和風南被，堯階蓂莢早迎春。

左　門

斗柄指寅，方出震功先育物；歲星躔丙，位體元德在長人。

右　門

治靄春輝，禮樂車書歸一統；人熙壽域，日星河嶽協三陽。

熙和門居中

景曜霞敷，星罕燦三辰珠璧；元和春盎，雲璈宣六代咸英。

左　門

瑞靄集元元，玉律春回庶彙；卿雲歌復旦，瑶階日麗中天。

右　門

晴旭麗金鋪，魚鑰千門曉闢；青陽調玉律，鴻圖萬禩長新。

協和門北頭上諭館居中槅扇

一代典章垂涣汗，萬年法守仰都俞。

左槅扇

雲繞鑪煙瞻日近，風傳漏箭喜春長。

右楄扇

三素常依仙仗迴，六符并翊泰階平。

協和門南頭誥勅房居中楄扇

天寵遥頒青瑣闥，國恩重溢紫泥封。

誥勅房左楄扇

一氣鴻鈞成造化，九重愷澤布陽和。

右楄扇

慶霄露浥金盤沃，瑞靄春浮玉緯高。

熙和門北頭繙書房居中楄扇

玉宇中朝資珥筆，金甌億載慶垂衣。

繙書房左楄扇

黄圖并獻占風酌，丹地長抽候月蓂。

右楄扇

寶露凝香滋禁樹，裔雲結幄護宫花。

熙和門南頭起居注居中槅扇

薄海蕩平歸有極，中天廣運祝無疆。

起居注左槅扇

澤馬山輿徵泰運，林鶼水鰈應乾符。

右槅扇

瑞氣春浮鳷鵲觀，恩波晴溢鳳凰池。

内閣前門

湛露醍醐，花深紅藥省；祥雲糺縵，日麗紫微天。

乾清門

乾清門居中

帝座九重高，禹服周疆環紫極；皇圖千禩永，堯天舜日啟青陽。

左　門

紫極正中央，萬國共球并集；青陽迎左掖，千門雨露皆新。

右　門

皋應闢春陽，瑞氣常浮五雉；羲和回日馭，卿雲時捧雙龍。

内左門

春滿堯階，玉律年華璀璨；風回禹甸，金門日彩曈曨。

内右門

琴奏南薰，舜日陽同六琯；簾開西爽，堯天律轉千春。

内左右門屏門

玉燭調元，光華賡復旦；璿樞建極，宇宙慶長春。

運協皇風，闢門昭曠典；世躋壽域，省歲驗休徵。

屏門外左右值房

芳露下凝金宇净，彩雲高擁玉墀陰。

禁漏下移天樂韻，御鑪輕嫋侍衣香。

九重日近韶光麗，萬象天涵愷澤多。

日麗黄扉春布暖，花開紫極畫生香。

金篆裊香依柳細，玉壺傳響出花遲。
璀璨鳳樓迎旭靄，輝煌雉扇護祥雲。

東西朝房

雲開日月臨青瑣，風擁煙霞上紫微。
紫閣春禧聯鷺序，彤庭瑞靄覲龍光。
金莖仙露浮雙闕，蘭殿春雲接九重。
雲護瑶階春色麗，露凝金掌瑞煙濃。
雙闕晴煙騰瑞靄，萬年春樹長華枝。
三陽開泰恩光遠，八表同春湛露多。
雲近蓬萊呈五色，春濃閬苑集千祥。
瑞靄紫霄騰鳳彩，祥開金户焕龍光。
浩蕩恩波近太液，氤氲佳氣近蓬萊。
萬象回春涵雨露，五雲捧日焕綵綸。
斗極深嚴趨虎拜，星垣清切近蓬萊。

曈曨曙色開中禁，咫尺恩光照直廬。

隆宗景運門居中

羽葆晴薰，雙鳳銜花儀絳闕；辰居日近，六龍扶輦集彤墀。

神闕連雲，元日會三千玉帛；帝圖懸鏡，春臺滿百二山河。

景運門左右門

柳色千門，青瑣凝煙澹沱；花光萬户，紅輪浴日温暾。

玉闕罘罳，日映飛甍煜爚；春坡桃李，風吹繡檻氤氲。

隆宗門左右門

玉燭迎祥，字獻太平萬歲；金扉啟曙，賦傳長樂千門。

露浥金莖，西嚮門開閶闔；春生瓊島，右回花繞蓬萊。

建福宫

建福宫宫門

建極凝庥，九天開泰運；膺圖受祉，萬福慶長春。

左右角門

星垣臨閣道，辰極麗中天。
華蓋聯珠斗，勾陳翊紫微。

延慶殿宫門外東角門

天衢雲焕爛，暘谷日晶瑩。

東西配殿槅扇

渤澥紅霞環繡楝，蓬萊紫氣集雕欄。
西山氣爽皇居壯，南極星懸壽宇開

西配殿南北板院雙扇門

花氣來芳苑，苔痕入畫欄。
北斗依青瑣，台星翊紫宫。

延慶門

帝德正當陽，咸中有慶；皇圖方錫祉，悠久無疆。

隨牆東角門

星居通紫極，雲陛接丹樞。

廣德正門

北斗焕雲，楣雲呈五色；中天懸日，馭日麗三台。

東西角門

瑞露凝丹陛，瑶光麗紫宸。

沆瀣霏仙露，珠璣映玉繩。

咸福宫

東咸熙門

日麗蓬萊迎瑞景，花深鳷鵲集年芳。

西永慶門

雲擁千祥迎翠輦，香凝百福護彤闈。

咸福宫門

紫禁春雲凝百福，丹霄晴旭麗千門。

大殿前面槅扇

靈和柳重凝甘露，太液池平漾惠風。

大殿後面槅扇

五色慶雲連黼幄，萬年瑞氣護丹楹。

屏門

淑氣春回，早占新歲稔；韶華晝永，喜見泰階平。

大殿東西配殿後槅扇

草色凝三秀，花香映九微。

春深遲晝漏，風動奏雲璈。

大殿東西過牆門

雲隨丹禁轉，風入玉簾微。

晴雲含太液，緑柳引祈年。

後殿東西配殿

流彩連朱檻，騰輝照綺疏。

六星調玉燭，五緯焕金樞。

後角門

仁風翔萬户，淑氣遍千門。

重華宫

大　門

丹鳳曉開天漢迴，金龍春轉泰階平。

正殿前槅扇

瑞靄迎丹禁，祥雲護紫微。

後槅扇

椒殿春雲麗，蓂階瑞日長。

東西隨牆門

履瑞膺五福，垂拱叶三多。
地接青霄迴，門臨紫禁長。

東西配殿門

六符徵瑞象，七政燦祥光。
慶雲迎夏屋，瑞靄麗春暉。

二層殿正房

淑氣迎黄道，祥雲護紫宫。

二層東西配殿

禁樹含青色，蓬池暖緑波。

三層殿正門

萬國瞻丹闕，重門映碧霄。

長街東板門

璿璣調舜律，蓂莢長堯階。

中長街中板門

太和彌宇宙，協氣繞宫闈。

長街西板門

雪融鳷鵲觀，日暖鳳凰樓。

箭亭

朝南北居中槅扇

日鉞星弧昭聖武，山車澤馬慶時雍。

北極雲霞添瑞彩，東風律吕協芳辰。

左右一二次間

鳳闕彤雲生彩仗，龍樓麗日綴鵷行。

律應三陽朝象轉，瑞凝八表泰階平。

乾調玉燭占農潤，春轉金儀應斗樞。

天地泰和春有脚，韶光雨露日無垠。

春滿青郊迎百福，日行黄道慶三陽。
天上九苞騰鳳彩，雲中五色耀龍鱗。

馬圈大門

帝極建中和，鳳儀獸舞；皇仁被草木，澤潤山輝。

南北角門

玉衡夜朗天閑静，赭沐晨趨瀚海平。
苜蓿夜連西極建，麒麟氣上北垣明。

蒼震門

西邊夾道朝南板門

丹闕日華成五色，紫垣斗柄正三陽。

門内屏風門

金莖曉聚霏微露，玉軫晴調長養風。

屏門内北邊祭神房朝南大門

九疇錫福休徵協，五緯凝禧嘉瑞臻。

天穹殿欽昊門外西夾道南北板門

雨露滋瑶草，星雲爛綺疏。

曦照龍樓左，春生鳳閣東。

以上共二百對。

卷二

寧壽宫

東屏風門

星琯叶珠杓，祥開萬象；雲屏通碧漢，瑞啟三陽。

西屏風門

元象驗台堦，珠躔麗正；寅衷持泰運，寶籙垂庥。

寧壽門右門

道契神元，慶巷舞童謡，太平有象；祥開景運，頒朝熙門穆，至治無爲。

後面右槅扇

松牖春回，吉靄正臨銅晷永；芝庭日麗，祥光長擁玉樞高。

後面左槅扇

寶緯輝躔，瑞策凝庥承紫極；瓊杓運斗，鴻鈞延喜應青陽。

寧壽門左門

堯天舜日麗中天，共仰光華復旦；昊歲羲年符上聖，羣歌壽考維祺。

後面朝北居中槅扇

羲圖象合，雍熙平叶，三階延景福；軒鏡治隆，仁壽和調，六幕普蕃禧。

皇極殿前面居中槅扇

皇圖盛際陽春，觀蒼駕日昇久照；帝座高臨北極，慶紫垣星拱端居。

寧壽門居中

規紫極以承基，階應六符呈瑞氣；展黄圖而耀阯，門延七始畼皇風。

寧壽門正門

五福頌鶴年，瑶樞清泰；三多徵曼壽，金戺光華。

東長街朝北大門

鳳彩集觚稜，星回斗拱；鸞聲聞釦砌，日麗花明。

西長街朝北大門

景耀拱辰樞，太元演策；韶光迎壽宇，中極敷疇。

養性門東角門

蒼龍左掖敷陽澤，華蓋中天啟令辰。

養性門西角門

閣道迎禧通左个，衢宫怡豫暢中央。

養性殿後面居中槅扇

萬年純嘏有常，日月恒升輝寶牒；五福休徵來備，竹松苞茂鞏瑨基。

養性殿東配殿槅扇

執中肇復旦，昌辰修永，惟精惟一；基命推卷阿，福緒純常，爲則爲剛。

養性殿西配殿槅扇

淵衷合撰高深，勤運萬幾天共健；陽德允符湛粹，光周四表日方升。

養性殿前面左槅扇

春絃韻叶金徽，吹萬引諧和長養；暖律氣調玉琯，祝三開慶迓駢闐。

養性殿前面右槅扇

福地十分，春廣宇郙，居徵德致；仙壺七始，韻滿襟茂，對慶時調。

養性殿前面居中槅扇

優游茀禄咸宜，寶籙日增侔岱華；昌熾壽祺彌永，瑶躔春茂式璣衡。

養性門居中

壽宇頤春，萬户臚歡符海晏；慶霄啟曙，九重歛福暢天和。

衍祺門大門

閶闔象昭回，蘿圖衍慶；蓬萊春茂暢，寶籙延禧。

養性殿後左槅扇

成功化暢垓埏，受籙嘉符盈壽域；集貺慶覃寰宇，垂裳雅奏叶鈞天。

養性殿後右槅扇

陶融性量，彌尊建極，陳疇遵道路；涵養功修，常懋體元，增筴積京垓。

養性門左右次間

鳳律轉韶光，銅扉納祉；虬觚縈瑞靄，玉砌延和。

列宿衛鉤陳，九華春蓋；重垣聯太乙，四照花明。

皇極殿前面左一二次間

順時宣象咸宜，瑞履青陽開左个；懋德凝禔孔厚，祥延紫氣衛中垣。

麗鴻欣上理，崇登壽宇，常開六幕；滋漉頌深仁，普洽榮光，并徹三階。

環黼扆瑞焕星雲，共覩堯襟舜抱；萃真符禔流幬載，長披金鏡珠囊。

元工備敘徵符，玉燭調春輝宇宙；純嘏康强申佑，蘿圖衍慶暢京垓。

皇極殿後面左槅扇

瑶光東指爲春瑞，啟扶桑齊七政；黄道左旋而運頌，臚戴斗拱三階。

皇極殿後面左槅扇

旭臨鳷鵲，初昇華祝，騰歡連月窟；仗轉蓬萊，徐引宸居，茂對洽春臺。

皇極殿後朝北居中槅扇

九霄雲物呈祥，北極遥矑臨紫氣；萬國共球獻壽，中天華蓋護彤扉。

文華殿正門

道契松雲，心傳符赤帝；祥呈河洛，治統啟青皇。

金鏡開楹，升恒光聖德；丹書陳座，敬義見天心。

東西次間

上本詩書，六經成聖志；同符舜禹，一揆繼心源。

帝典王謨昭萬有，乾苞坤絡奉三無。

傳心殿東西琉璃門

河洛文開千聖秘，星雲光潤六階符。

鑾儀衛大門

仙仗五雲，鸞鳴和盛世；德車七宿，龍角運中天。

會典館大門

金鏡開楹，升恒光北極；珠杓映座，長養順東方。

外東三所宫門

玉燭輝流，五色迴浮黄道日；璿衡度協，六符朗耀紫微天。

雲物呈祥開泰運，璣衡叶度應昌期。

左右角門

淑氣氤氳吹六琯，祥光燦爛照三霄。

乾肉庫大門

淑氣氤氳吹六琯，祥光燦爛照三霄。

蒼震門大門

日麗彤墀，四表光華瞻正朔；雲凝寶仗，萬方歌舞慶同春。

神武門東邊該班房

北極芒高指閶闔，東朝地迥列周廬。

東長房阿哥所宫門

銀榜風和，三秀草含瑞色；銅扉日麗，萬年枝暖春華。

西頭兆祥阿哥所宫門

旭日麗龍樓，瑞氣春融珠樹迥；卿雲籠鶴禁，祥光晴護玉階平。

老兆祥所宫門

金鏡霞明，九苞開鳳籙；玉衡星正，五色協麟文。

東長房大門

瑞啟彤軒雲靉靆，光涵清禁日曈曨。

文華殿後門外該班房

鉤陳聯輦道，華蓋映天庭。

龍光輝玉所，燕喜集雕檐。

矞雲呈五色，瑞靄集千門。

椒嫩摇枝緑，風和聽漏長。

寧壽宫錫慶門外該班房

三元逢夏正，九有慶堯封。

瑞氣東來迎左个，仙雲南望近西池。

綺疏迎麗日，珠網綴丹霞。

宫鶯晴囀曙，禁樹早迎春。

渥恩宜動植，大化洽生成。

景運門外該班房

榮光依藻火，勝地接蓬瀛。

金莖融湛露，玉律轉春風。

日麗宸居壯，春融禁苑新。

日麗黄扉春布暖，花開紫禁晝生香。

南巢房大門

璇樞星燦三垣正，玉琯風來六幕調。

文華閣後門

萬國迎春暉，駢祥雲集；重熙凝泰運，綏福天來。

前星門

五色彩雲連貝闕，四時佳氣滿瑶階。

齋 宫

暘曜門

帝宅崇隆，霽月光風開御路；宸居肅穆，朝乾夕惕協天心。

仁祥門

天近九重，廣大清明瞻紫極；日高三殿，垂裳端拱肅齋居。

正 門

丹禁凝禧，節應三元開寶籙；皇心主敬，天增百福聚楓宸。

左右角門

罘罳日麗金鋪色，閶闔風和玉殿香。

地接蓬萊凝紫氣，天開景慶燦榮光。

宫門外東西值房

六律調元春長養，五辰熙績氣融和。

五色彩雲朝玉陛，九華旭日照金鋪。

宫門内屏風

位育本中和，曰旦曰明，至誠丕應；寅清乎上下，亦臨亦保，敬德昭宣。

東西板墻門

朝曦凝瑞氣，曉露沐恩光。
瑶篇天保頌，玉燭太平春。

大殿前面居中槅扇

帝德光明，涵緝熙於宥密；皇心精一，凝介福於寅清。
道奉三無，明旦常嚴帝位；春回九有，松雲并燦宸居。

左右次間槅扇

精意咸孚，迓鴻庥之洊至；明禋昭假，奉嘉德以居歆。

殿内東西暖閣

瑶階璀璨三株樹，寶鼎絪緼五色雲。
雲融玉宇開三殿，露浥金莖麗九霄。

大殿後面槅扇

雲氣護甘泉，銅龍晝静；花光連上苑，金爵春多。

大殿前面東西遊廊板門

鳳律開新籥，龍文焕寶書。

曈曨丹陛日，紌縵玉階雲。

東西露頂前雙扇門

垂策皇風茂，凝圖聖籙昌。

卿雲占五色，景運際重華。

南院隨墻門

祥開玉宇春風暖，瑞溢瑶墀朱草香。

東西配殿槅扇

嶰谷春回，和風飄玉砌；蓬山花滿，瑞氣溢瑶階。

絳節高居，雲霞生棟宇；璇宫穆處，日月拱衣裳。

東西配殿後板院門

日麗祥雲燦，春和瑞氣榮。
玉樹青陽麗，金階紫氣新。

東西遊廊下南板墻門

玉燭調元化，金歐協瑞圖。
復旦光華盛，陽春景物新。

二層殿居中槅扇

彩焕雕檐，彤雲護瑞葉；春融秀幄，朱草發奇芬。

殿後遊廊南北板墻門

履端開鳳紀，介福聚龍宸。
淑光迎黄道，韶光護紫微。

後殿遊廊下南板墻門

三多獻華祝，五福衍箕疇。
瑶光懸寶勝，彩筆頌春椒。

二層東遊廊單門

時和占大有，日暖靄春陽。
春靄瑶枝秀，祥開寶律新。

大殿後東西順山朝南屏門

日暖金鋪麗，風和玉宇清。

東遊廊外朝東板門

金扉紅日麗，玉砌碧雲凝。
宫花舒瑞錦，御柳綻黄金。

朝北板門

重軒遲晝影，萬象上春臺。

後殿西穿堂槅扇

金殿春融占物阜，玉階晴靄暢天和。

穿堂後屏門

香靄祥雲呈五彩，天開麗日會三元。

後西北墻門

玉律喜占元朔瑞，金甌長護泰階平。

慈寧宫内

大殿前面槅扇居中

慈義并仰徽音，虹渚星宫祥邁古；洪範常疏景福，堯尊舜箑慶敷天。

左右次間槅扇

淑氣應黄符，地盡呼嵩，人皆祝華；祥光開紫極，星俱成景，露自流甘。

興慶獻春光，瑶草金芝，長迎愛景；太安調暖律，朱鸞紫鳳，并叶仙韶。

左右二次間槅扇

玉階金戺靄春風，萬象統歸仁壽；朱草青枝承瑞露，八埏共沃陽和。

璇臺旭日方中，四照花開皆益壽；瑶圃仙風徐度，三株樹古即恒春。

大殿内東西暖閣

紅葩灼爍和春暖，玉樹葱蘢慶日長。

日麗瓊瑶開寶册，芳傳椒柏頌遐齡。

寶座後左右單門

寶殿祥開當旭日，瑶宫瑞啟應光風。

樹燦三株迎玉楹，香含百合繞金屏。

大殿後面居中槅扇

璇霄斗柄轉三寅，淑景早舒礌砌；絳闕花風調六律，和聲同協金鏞。

左右次間槅扇

三千度索獻仙桃，玉舜齊稱萬壽；百二光風占御柳，雲璈共聽鈞天。

西崑氣接雲中，萬里瑶圖凝瑞景；南極星輝天上，一函寶籙注長生。

大殿東西垂花

協氣順星躔，彤華煜朗；春光占歲籥，紫極昭融。

瑞日曈曨，中天開麗景；和風長養，萬象獻榮光。

徽音左門

南極獻霞觴，愛日長添麗景；西池開寶扇，慈風普被陽和。

左右耳房

瑶宫綵仗迎春日，璇殿香煙藹瑞雲。
禁柳高垂千縷綫，宫花濃發萬年枝。

徽音右門

淑景舒華，絳樹含芳承瑞藹；和風叶律，紫鵷調暖奉祥噰。

左右耳房

雲霄鳳闕開黄道，煙樹龍樓接翠微。
虆柳芳華開四照，慶霄泰偉麗三階。

大殿前面徽音左門北圍房槅扇

歲華徵璧彩，春宇焕霞標。
春韶鳳奏竹，天壽鶴啣芝。

北圍房内隔斷

瑞蓂舒釦砌，寶樹映璇扉。

徽音左門東邊南頭槅扇

鵁鶄樓高通瑞氣，蓬萊宫近接天香。

東邊南頭朝北槅扇

北極慈雲輝玉陛，中天愛日麗金鋪。

内隔斷

宜春花四照，獻歲鶴千齡。

瑞雲暉慶裔，天樂譜咸韶。

又隔斷

律暖開仁壽，風和吐瑞蓂。

瑞篁滋瑶圃，祥蓂麗玉墀。

朝北圍房後朝南雙扇門

南海春移柳，西池歲獻桃。

蓂幄光風溥，松軒翠蔭深。

徽音右門西邊北圍房槅扇

卿雲迓瑞縈三素，佛日承歡駐九華。

西邊南頭槅扇

日轉寅階正，天臨甲觀高。

西邊南頭朝北槅扇

玉律調暄宮漏永，中天愛日麗金鋪。

内隔斷

虬鐘花外度，魚鑰日邊開。

午煙丹篆細，晝漏玉聲和。

二層佛堂居中槅扇

慈雲遍護，三千寶珞珠瓔瞻妙相；法雨均沾，五百金花翠竹澄菩提。

左右一次間槅扇

兜羅綿手轉金繩，永護坤維日月；優鉢曇花開寶界，增輝震旦山河。

春景麗瑶墀，看五色明珠輝皓月；法雲垂寶幄，聽三車妙義證蓮花。

左右二次間槅扇

蓮臺寶相護瑶閶，妙印牟尼清净；貝葉天香飄玉宇，静觀法鏡圓通。

妙諦證拈花，萬户千門皆成寶地；明心同指月，十洲三島并現金蓮。

左右三次間槅扇

滿月仰金容，長樂花枝照來妙勝；慈雲開寶筏，景陽鐘滿聽徹聲開。

潮音遍寫，魚山丹地常開清净域；貝葉宏敷，鹿苑香臺永占太平春。

二層殿前西邊朝南槅扇

景麗蓬瀛凝瑞靄，光浮蘋藻湛恩波。

内左右隔斷

碧瀣斟堯甕，朱飈起舜絃。

九華銅沼秀，五緯玉階明。

西斜廊後門

氤氲佳氣來華渚，長養仁風度慶霄。

西圍房槅扇

雲依閬苑三株樹，日照蓬山五色霞。

內隔斷門

四海昇平娛舜日，萬方和會慶堯天。

二層殿旁西邊朝南槅扇

碧窗紅潤檐花雨，翠幙青舒砌草風。

南邊槅扇

韶節瑞呈雲五色，惠風春發樹千花。

內隔斷門

九光容愛日，三裔映慈雲。

殿旁東邊朝南槅扇

光風欲泛蘭芽紫，淑氣初回柳色青。

內左右隔斷門

芝楣凝瑞露，瑶殿抱晴暉。

天葩紅映日，人柳緑垂雲。

東斜廊後門

春暖紫禁恩光滿，雲靄彤墀瑞色濃。

東圍房槅扇

瑞氣曉凝三秀草，祥光春滿萬年枝。

内隔斷

天開景運風雲會，人樂韶華雨露新。

後面臨溪長街墻門

律轉龍樓曙，晴含鳳閣新。

長春宫

螽斯門

瑞映瑶池環紫極，春臨斗柄轉青陽。

上苑韶光早，深宫麗景多。

門内東西板房單門

星象文昌煥，韶光泰宇調。

嘉祉門

紫極騰輝調玉燭，青陽啟泰麗璇圖。

宮　門

光天淑景凝新色，三殿晴光接彩霞。

大宮門居中

七政協璣衡，祥開紫極；三陽調玉琯，瑞集彤廷。

左右門

閬苑風和，瓊枝新御柳；蓬萊日麗，玉蕊綻宮梅。

畫棟煥星宮，丹霄春麗；雕檐輝月殿，紫禁煙濃。

宮門值房

綺閣祥輝滿，雕櫳淑氣迎。

一元榮瑞莢，八寶麗天華。

大宫門前東西配殿

勾陳迎旭日，華蓋擁卿雲。
青陽春晝永，丹陛聖恩醲。

東西隨墻門

韶光璇殿靄，淑氣錦墻通。
春回旋斗柄，晝静滴宫壺。

二層宫門朝南槅扇

寶結蟠桃，芳氣遍融千歲果；花開温樹，晴暉長護萬年枝。

朝北虎座

鳳闕春深聯璧彩，龍樓曉暖敞金鋪。

左右南北穿堂門

玉沼恩波遠，銅鋪瑞氣濃。
蓂階迎麗日，松牖聚春雲。
皇圖開景運，帝德際昌時。

四氣鴻雲轉，千祥鳳紀新。

東西配殿門

御煙千縷裊，瑞雪九霄融。
三春開藻景，五福迓蕃釐。

東西角門

楓陛雲霞麗，蓂階雨露新。
三霄瞻復旦，萬福集新春。

屏風門

鳷鵲觀前春樹緑，鳳凰池上御花紅。

值房

丹户温風透，朱窗旭日臨。
香雲凝寶鼎，花露拂雕欄。
鳳籞勝光藻，鴻鈞轉歲華。
效祉三光炳，延釐百禄同。

珠杓懸象緯，玉𤣩覲龍光。
璇樞調瑞靄，金鑰啟祥雲。
乾坤旋橐籥，閶闔集冠裳。
龍屏輝寶炬，鳳閣仰璇題。
柳新迎翠輦，花密拂青旗。
鴻恩宣紫陛，燕喜集彤闈。

東敷華門

南極星輝調玉燭，東皇令轉麗璇圖。

西綏祉門

日暖芳暉凝鳳闕，春和淑景轉龍樓。

大殿前面槅扇

玉篆瑞煙籠紫禁，璇宮春色繞黄圖。

大殿後面槅扇

雲護瑤階呈五色，春深紫禁麗三陽。

大殿内東西暖閣

芝呈三秀瑞，花發萬年春。
候叶三陽律，祥迎萬壽杯。

大殿前東西配殿

曙鐘花裏度，曉仗日邊移。
日暖祥雲合，春濃瑞靄浮。

後正殿雙扇門

閣迴雲霞近，花濃雨露深。
珠簾迎曉日，玉殿敞青雲。

後殿東西配殿

蘭殿春風滿，椒宫曙色新。

後角門

中天開淑景，西掖駐宸暉。

翊坤儲秀宫

廣生門

日照萬年枝，花光煥彩；煙籠三禁樹，柳色含新。

崇禧門

帝澤如春，被和風甘雨；天顔有喜，歌景星慶雲。

大成門

閶闔齊開，九天佳氣繞；絲綸疊沛，四海頌聲多。

長泰門

丹籞同和，氤氲調六琯；紫宸高拱，燦爛麗三霄。

翊坤門

日麗敞金門，光昭一統；風和傳玉漏，頌叶九如。

門内屏風門

正歲始王春，祥開軒策；慈暉綿帝日，瑞集堯門。

日轉觚稜，禁中仙漏永；雪晴鳷鵲，仗外籞花深。

二言横披

履福。

含章。

翊坤宫正殿前檐

蓂朔九重春，天臨珠極；椒風千萬壽，聖叶瑶箴。

翊坤宫正殿後檐

璧月重輪，春臨仁壽鏡；金萱萬葉，雲護吉祥花。

東配殿

七曜在衡星轉北，九宫披籙震居東。

西配殿

復旦祥開天保定，恒春景駐日舒長。

東角門

天臨玉陛星雲燦，春到璇宫日月新。

西角門

五色雲中佳氣滿，萬年枝上瑞煙多。

四言横披

普天同慶。

應地無疆。

東水房抱月門

雲霞三島麗，雨露九天深。

西水房抱月門

曙光連玉殿，淑氣滿瑶池。

體和殿前檐

體撰握璇樞，四時爲柄；和聲調玉琯，六幕皆春。

體和殿後檐

體極斟元，萬年綿寶籙；和風甘雨，六合迓祥符。

東配殿

帝德調元符昊緈，皇風和邕滿垓埏。

西配殿

玉衡星朗昭乾體，瓊島風清協巽和。

東穿堂

體仁德戴堯天永，和氣春回禹甸多。

西穿堂

盛治體天開橐籥，祥光和露浥蓬壺。

四言橫披

太和元氣。

盛世嘉祥。

東水房抱月

五雲瞻紫極，六律應青陽。

西水房抱月

春殿傳金箭，朝暾映綺疏。

儲秀宫正殿前檐

詩警未央，銅籤投五夜；書傳無逸，金鑒誦千秋。

儲秀宫正殿後檐

北極焕辰居，緑扶禁柳；東風催甲坼，紅麗宫花。

東配殿

雨露春醲三秀草，雲霞晨捧萬年枝。

西配殿

九重日捧丹霄近，五色雲輝紫極開。

西角門

莢吐祥蓂依釦砌，花迎寶仗簇金階。

東角門

星轉瑶樞開泰運，風調玉琯奏咸和。

四言横披

青陽肇瑞。

紫氣延和。

東水房向南

醍醐金掌露，紅縵玉爐煙。

鶯花春錦繡，鳳藻日光輝。

西水房向北

獻圖開益地，廣樂奏鈞天。

雲山九門曙，閶闔八風吹。

麗景軒正殿前檐

千祀慶延洪，福陳姒範；萬方頻送喜，樂捧堯觴。

東配殿

宸居壯麗崇千雉，聖澤涵濡被八鴻。

西配殿

鈞咸舞詠中和頌，玉帛梯航職貢圖。

東角門

九成曲奏虞韶樂，萬户規同漢建章。

西角門

黄圖啟運三陽泰，青律調元四海春。

四言横披

納祉延洪。

規天矩地。

東水房抱月

松牖薰風邕，蓬壺日月長。

西水房抱月

松雲雙闕壯，臺沼萬民歡。

西邊角門二分

千官劍佩輝天仗，五色星雲照禁花。

東皇黼黻文章麗，北極璿璣氣象新。

長泰門左角門

千門淑氣迎花杝，八表祥飆布玉墀。

長泰門右角門

玉樹和風傳鳳噦，瓊枝瑞靄護鸞棲。

以上共二百六十二對。

卷三

永和宫

仁澤門

黄道呈祥，八表星環紫闕；青陽布澤，三階日麗丹霄。

德陽門

律轉璇樞，三殿星雲復旦；時調玉燭，千門花柳同春。

永和宫門

雲擁蓬萊，華琯咸調舜樂；春凝閶闔，祥蓂長紀堯年。

屏風門

光生霽月宫花紫，曉入春雲苑樹紅。

大殿前面隔扇

霄漢星輝聯玉闕，樓臺月霽映瑶階。

殿内東隔扇

五色雲光連鳳闕，九重霽景繞龍墀。

殿内西隔斷

花發三珠依絳闕，露滋九畹茂彤墀。

大殿後面隔扇

天仗曉移三殿月，日華春麗九重雲。

東西配殿隔扇

朝暾輝翠幙，夜月護珠簾。

珠綴星辰燦，爐煙霧靄重。

大殿旁東西牆門

御柳祥煙重，宫花淑景融。

銅扉懸麗日，金闕護祥煙。

二層殿板門

旭日初昇丹闕麗，彤雲交映綺疏新。

二層殿東西配殿

春融仙掌露，日照御筵花。

碧霄開鳳扆，紅旭耀龍樓。

二層殿旁東西邊牆門

金輿迎日馭，彩仗焕雲章。

鶯囀龍墀曉，花明鳳掖春。

東西後角門

春回禁苑鶯花早，日永宮闈歲月新。

玉砌風和翔鳳彩，金鋪日麗耀龍文。

延禧宮

麟趾門

璚雲曉護蒼龍闕，玉斗春回紫鳳城。

昭華門

黃道新開，風送鈞天雅奏；青陽肇啟，煙涵玉宇晴暉。

凝祥門

麗日騰輝，玉律三陽和轉；晴雲布彩，璇宮五福同臻。

延禧宮門

紫禁迎春，瑞拂千條御柳；丹樓映日，祥開萬樹宮花。

延禧堂大殿前槅扇

春雲爛熳凝丹陛，曉日光華麗玉墀。

大殿後面槅扇

日上天門晴色麗，花明春殿歲華新。

大殿前東配殿雙扇門

三辰瞻復旦，萬象樂昇平。

大殿前西配殿雙扇門

薰風來紫闕，瑞莢秀彤庭。

大殿旁東西墻門

芳芝縈碧砌，瑞莢耀珠扉。

恩波涵太液，瑞氣挹蓬萊。

東西屏門

星文瞻太極，樹石接方蓬。

樓臺天上景，花柳日邊春。

二層殿板門

珠樹春深鶯百囀，瑶宫花發月千重。

二層東西配殿

花開珠樹曉，香滿玉階春。

雲隨香案駐，風度玉欄來。

二層殿旁東西墻門

月殿春暉早，星宫淑氣多。
露凝鴛瓦碧，花近鳳池香。

東西後角門

輦路風和迎紫鳳，天衢日暖護蒼龍。
翠華飛動千門曉，玉樹葱蘢萬國春。

景陽宫

衍福門

霄漢呈祥，五色瓊樓垂耀；璣衡協律，千門瑞日揚輝。

昌祺門

淑氣凝和，天上香浮簇仗；條風扇瑞，宫中日永垂裳。

景陽宫門

頌啟椒花，百子池邊日暖；觴浮柏葉，萬年枝上春晴。

屏風門

麗日高臨青瑣闥，瑞煙瑶帶翠微峰。

大殿前面槅扇

佳氣春浮，鳳彩龍章爛熳；祥光晴絢，璇題珠綴曈曨。

大殿後面槅扇

淑氣曉凝仙掌露，春雲晴護日華枝。

東西配殿板門

綺閣龍文麗，彤闈鳳律新。

九霄連沆瀣，五色近蓬萊。

大殿東西墻門

丹禁祥開鳷鵲觀，上林春滿鳳凰樓。

春回太液池邊月，花發披香殿裏風。

二層殿槅扇

宮禁春晴雙闕迥，台堦天近五雲多。

二層東西配殿

九天沾露液，雙闕煥星文。

林花明景福，山翠接宜春。

東西後角門

卿雲開曙色，玉露度香風。

花香迎鳳輦，鶯語近龍樓。

毓慶宮

前星門屏風門

天邊雲氣依華蓋，仗外霞光接紫微。

東角門左板門

光風開玉律，瑞雪映瓊枝。

西角右板門

雕楹迎瑞靄，華構麗丹霄。

祥旭門外東西值房

青陽迎淑氣，黄道轉祥和。

露凝三秀草，春暖萬年枝。

西值房雙扇門

雲霞呈淑景，雨露浥恩波。

祥旭門

日鏡有輝千户曉，天波無際四時春。

左右隨墻角門

聖澤喜同瀛海潤，恩光遥接若華暉。

千年蘭檢呈昌運，五色芝圖紀太平。

惇本殿居中槅扇

鴻輝曉擁銀泥榜，鳳藻光騰玉字書。

左右次間槅扇

條風細轉金門柳，旭日晴熏閬苑花。

殿内東西暖閣

九天協氣回青陛，五夜祥光接紫微。
百福昌暉開玉鏡，千秋景運啟珠囊。

殿後槅扇

祥開蘭葉芝圖字，瑞啟金泥玉檢書。
璣中列宿俱環北，簾外薰風正自南。

東西配殿槅扇

春生玉琯純禧集，花迓銅輿淑景融。
萬年枝上春暉早，百子池邊湛露多。

東順山圍房門

祥光臨草樹，佳氣入樓臺。

左門内雙扇門

雲歸松牖静，風度柏梁薰。

西順山圍房門

星躔連五緯，天闕正三台。

右門内雙扇門

昌時凝五福，景運會三登。

東西露頂槅扇

芙蓉雙闕千峯雨，閬苑層城五色煙。

雨露滋瑶草，星雲爛綺疏。

前殿槅扇

春色暖深青玉案，祥光曉映紫微天。

後殿槅扇

月宇雲窗開綺殿，銅池銀樹敞華軒。

後殿朝南槅扇

北斗回樞，紫氣迎祥雙闕曉；東風入律，彤雲獻瑞五門春。

後殿順山東西板門

惠風從律轉，麗澤傍雲多。

八埏占順序，一氣得先春。

東西圍房槅扇

桂殿月明浮緑水，瓊宫雲綺護彤墀。

瑞繞玉堂香霧裹，光懸金闕白雲邊。

東圍房雙扇門

金莖臨綺閣，玉樹映花甎。

青岑雲際合，碧樹日邊開。

西圍房雙扇門

瑶階宜玩鶴，芳樹好棲鸞。

彤霞隨雁齒，旭日照螭頭。

内穿堂雙扇門

翠瓦煙浮鳷鵲觀，玉泉波繞鳳凰臺。

穿堂後殿西圍房槅扇

卿雲糺縵風光麗，湛露霑濡草木新。

又雙扇門

錦叠珊瑚架，文開翡翠屏。

殿傍西順山穿堂槅扇

禮樂昭融光四表，星辰符瑞朗三階。

後　門

三陽階啟泰，五福洛敷疇。

嘉祥膺鼎籙，慶兆協珠囊。

西穿堂後隨墻東角門

湛露宜春苑，恩波太液池。

承乾宫

履和門

東景祥雲儀鳳舞，中天麗日應龍飛。

廣生左門

律轉黄鐘春有象，陽回青帝日騰輝。

承乾宫門

紅日初生，萬户祥雲臨複道；青陽乍轉，九天佳氣敞重樓。

承乾宫大殿前槅扇

瑞日祥雲聯鳳闕，和風甘雨護鑾輿。

大殿内隔斷

春燈明瑣闥，寶勝映雕欄。

陽和佳氣滿，象緯瑞煙凝。

大殿後面槅扇

金榜玉樓明曉日，珠簾繡户對春風。

東西配殿槅扇

春滿金莖露，花明玉井桃。
青陽開淑氣，黄道啟榮光。

大殿東西墻門

珠簾丹檻曙，金榜玉樓春。
三陽新肇祉，四始正調元。

大殿後東西板門

瑞莢生堯日，仙桃入漢年。
宜春花氣滿，長信月華多。

二層殿板門

雲凝雙鳳闕，春滿九華宮。

二層殿東西配槅扇

雲深翔鳳翼，春暖動龍文。

春布條風暖，花新秀色凝。

二層殿東西墻門

風静璇宫敞，花明玉輦移。

芝草浮三秀，瓊枝燦九華。

東後角門

瑞日生華彩，彤雲接旭暉。

西路外圍

武英殿居中正門

四庫藏書，寶笈牙籤天禄上；三長選俊，縹囊翠軸月華西。

左右門

日暖重門，光風飄玉軸；月高朵殿，藜火照瑶編。

瓊笈瑶函，天開稽古地；緗梅翠柳，春在右文時。

咸安宫門居中

行慶恩深，陽春資發育；右文典重，雲漢仰昭回。

左右角門

東風已緑瀛洲草，閣道回看上苑花。

綈緗常染鑪煙細，臺殿全依扇影高。

上衣監大門

天上垂衣明藻火，日邊珥筆頌星雲。

慈寧宫花園後朝西大門

斗柄轉瓊霄，人間春好；露華和玉屑，天上恩濃。

永康右門外茶膳房

甘雨和風調玉瑄，椒花柏葉獻金盤。

九陌光風調玉律，三春霽雪發瓊枝。

神鼎上方調六膳，宫壺春色釀三漿。

隆宗門外板房門

文物通金馬，鶯花富石渠。
共瞻霄路近，倍喜露華濃。
星臨連左掖，花發勝南枝。
曉月簪毫地，疏星聽漏時。
星辰通上界，翰墨近西清。
柳外爐煙重，花間漏點遲。
雲霞高冊府，象緯麗金垣。
松牖卿雲燦，蓂堦旭日高。
鳳樓迎旭靄，雉尾護祥雲。
日臨禁籞三辰正，風度仙韶萬國春。
晴煙浮寶篆，韶景焕瑶階。
曙色輝黄闥，春雲護紫宸。
春來鼇禁早，雲傍鳳樓多。

座西向東墻門

榮光浮玉燭，湛露浥金盤。
星辰通上界，翰墨近西池。
彩雲飄玉陛，瑞靄遶瓊樓。
華祝符穹貺，嵩呼協聖齡。
瑶階三秀草，雲牖萬年松。

造辦處後門

紫禁恩光輝玉府，清時製作重冬官。

白虎殿大門

東華協律諧金琯，北極凝光護玉宸。

永康左門外往北慈祥門

景福方長，晴光開玉宇；春暉正永，瑞靄映璇宫。

往南啟祥門

瑞映星樞環紫禁，春臨斗柄轉青陽。

中正殿長街東西墻門

瀛海日初昇，祥占合璧；觚棱雲乍起，慶協非煙。

萬岫列芙蓉，晴環紫禁；五花張玳瑁，春在丹霄。

壽安宫對過後鐵門

日映罘罳春浩蕩，雲生藻井暖氤氲。

神武門西邊該班房

雲垂寶幄臨青瑣，星動瑶光麗紫霄。

慈祥門外西邊朝北鐵門

丹樓日暖浮佳氣，碧殿春融繞瑞煙。

内務府大門

黄道日臨元象迥，青陽令啟渥恩多。

中和宫

殿前朝南居中槅扇

仁壽握乾符，萬國車書會極；中和綿鼎籙，九天日月齊光。

左右次間槅扇

瑞靄千門，鳴玉曉趨青瑣闥；雲呈五色，列星環護紫微宫。

八表春和，休氣榮光連五緯；六符道泰，右平左城象三辰。

朝東西槅扇

鳳閣連雲，萬國拜九重閶闔；龍章賁日，八荒仰七政璇璣。

月滿禁城，佳氣曈曨雙闕迥；風回仙仗，祥光靉靆五雲多。

後面朝北居中槅扇

獻歲迎祥，鳳琯鸞笙諧六律；乘春宣化，蒼旗龍輅協三辰。

保和宫

保和殿前居中槅扇

凝鼎命而當陽，聖籙同符日月；握乾樞以御極，泰階共仰星雲。

左右一次間槅扇

執玉帛，萃梯航，南朔東西來賀；焕文章，昭律度，車書禮樂攸同。
撫五辰，序四時，灝氣璇霄廣運；御萬方，臨九域，洪圖寶鼎重華。

左右二次間槅扇

元化洽重熙，六幕祥風光左个；昌辰當復旦，三霄旭日輝東華。
文物啟軒裳，光映東垣天象迴；榮華凝舜筵，翠分西嶺地符升。

殿内東西暖閣

閶闔曉雲呈五色，罘罳初日映千祥。
北闕晴雲承麗日，西山爽氣會芳辰。

殿前東圍廊門九間

化行舜日堯天外，心在箕風畢雨中。
閬苑香濃三秀草，蓬山春暖九如松。
舜琴薰風隨月令，堯階仙莢紀元正。
五緯珠光通帝座，兩儀璧彩會天樞。
慶溢彤墀輝鳳紀，祥凝紫殿燦龍章。
麗日長凝青瑣闥，彩雲深護紫微垣。
牛斗呈祥開鳳闕，鸞旗耀彩集鵷班。
陰陽合度調元律，日月無私仰化工。
陽春布濩周寰宇，斗極均平正泰階。

殿前西圍廊門八間

萬年枝上韶光麗，五色雲中瑞靄凝。
珠明瑞露浮金掌，篆寫天香罨玉墀。
玉葉祥雲垂似蓋，金莖仙露湛如珠。

玉琯春回陽律暖，觚棱曉映曙光和。
蓬萊銀榜羅清禁，碧落星躔翼紫微。
玉琯和風揚瑞靄，金莖湛露炳祥光。
寶樹千年滋瑞露，琪花萬歲映春暉。
三秀草榮呈上瑞，萬年枝動應和風。

左右耳房槅扇

鳳律引南薰，天回玉輦；龍文環北極，路轉瑶宫。
玉律轉星杓，春深閶闔；金甌綿寶籙，日永蓬萊。

後左右門

日麗芙蓉，複道和風翔輦路；雲開鳷鵲，彤墀佳氣靄宸居。
閶闔門開，太華紫雲迎日觀；蓬萊殿啟，金天灝氣接雲居。

殿後朝北居中槅扇

闡坤珍，握乾符，五夜圖陳無逸；鞏金甌，調玉燭，八方風動時雍。

後面左右次間槅扇

紫閣定天樞，日彩星輝光有耀；彤雲昭黼座，河清海晏福攸同。
輪奂美宸居，南極祥光瞻北斗；軒楹通帝座，東皇淑氣接西雝。

養心殿

内右門隨牆茶膳房

玉鼎風吹調淑氣，天漿露裛萃神倉。
金莖曉裛三霄露，玉釀春濃萬壽觴。

遵儀門

瑞靄銅龍，慶洽九天日月；陽回玉琯，春開萬象乾坤。

養心門

海晏河清，百世慶昌期之盛；仁昭義立，萬年垂有道之長。

東西隨墻門

九功歌敘千祥集，四海昇平萬國春。

日麗蓬萊分彩仗，花開閬苑轉青旗。

屏　門

旭日射銅龍，上陽春曉；和風翔玉燕，中禁花濃。

東西隨墻影壁門

紫微通閣道，丹闕上層霄。

日華凝五色，雲彩擁千枝。

屏門外東西露頂板門

蘭寮香繞宜春帖，桂館花浮獻壽杯。

三島春深雲氣暖，九霄地迥月明多。

養心門外轉角值房

麗景中天，銀壺知晝永；條風獻歲，玉燭慶年登。

聖無爲而成，道洽政治；天不言而化，時行物生。

又轉角值房板門

柏葉迎年，浥宮壺露湛；椒花獻歲，發寶鼎天香。

天上春多，韶光籠砌草；階前日暖，瑞景麗宮花。

雲集簪裾，丹霄瞻舜日；花迎劍佩，紫禁戴堯天。

壺漏晨稀，清宜宮雪曙；鑪香晝暖，色帶禁煙凝。

金闕雲晴，九華開扇影；珠樓風細，七寶拂鑪煙。

景麗風和，祥光三殿曉；日華雲燦，佳氣九重多。

黍律回春，千門懸彩勝；條風送暖，三殿麗中天。

萬壽無疆，九如天保頌；一人有慶，五緯泰階平。

春駕蒼龍，青陽臨左陛；雲開丹鳳，紫極麗中天。

紫闥迎禧，西山呈瑞靄；彤闈集慶，南極麗春暉。

大殿居中槅扇

廣樂奏鈞天，萬國衣冠，同瞻旭日；陽春回大地，四時橐籥，首協温風。

左右次間槅扇

雉尾雲移，看玉燭光中，星扶華蓋；螭頭香動，聽金鈴聲裏，風度春旗。

棟雲深處，作五色祥光，常依玉座；庭露濃時，毓九莖仙草，遍護瑶階。

大殿西抱厦下板院朝南正門

曉日花明仁壽鏡，韶年酒泛柏梁杯。

抱厦下東西板院門

萬年占鳳律，四海拱龍宸。

履端欽歲德，資始體乾元。

大殿傍台階上左右單門

列宿映垂裳，光分藻火；五絃欽撫軫，聲叶簫韶。

正旦肇三朝，仙蓂吐秀；靈辰傳七日，彩勝呈祥。

大殿後台階上東西墻門

萬物華滋垂木德，六符光潤列臺躔。

八方同祝南山壽，七政長凝北極尊。

金鋪曉麗龍樓近，玉鑰宵嚴鳳闕深。

薰風玉軫調虞律，甘露銅池毓漢芝。

西板院門

日麗依春暖，天高篤慶長。

花柳春歸三殿早，樓臺月傍九霄多。

東西佛堂槅扇

一輪圓照彌沙界，八部莊嚴奉冕旒。

祥雲結彩留華蓋，寶樹騰輝護紫微。

又雙扇門

鴛殿雪晴知歲美，鳳城風暖樂時和。

大殿東西隨墻門

乾心正玉衡，會極歸極；震德行倉陸，大生廣生。

秘殿春回，日臨仙掌動；昌辰瑞叶，星拱泰階平。

東順山燈房單門

條風回玉律，瑞景麗金鋪。

東西順山房院墻門

晝漏舒長娛舜日，宵衣兢業見堯心。
日星河嶽呈新色，禮樂農桑潤太平。

後殿東西圍房雙扇門

朱窗遠映西山雪，丹户常迎北闕暉。
五色彩雲朝玉陛，九重旭日照金鋪。

東西圍房北頭單門

曙色春回千樹緑，林花霞映萬山紅。
昇平日月祥光盛，錦繡山河瑞靄增。

東西耳房正門

和風紫禁韶光早，麗日彤闈淑景先。
軒陛彩雲凝五色，虞絃雅韻應三陽。

東西圍房南廊門

景物三春麗，民風六合清。

鳳書來北極，龍律起東方。

東圍房廊下南板門

畫棟煙浮閶闔迥，金鋪日影總章開。

後殿東西夾道墻門

芝轉雲三素，花迎日九天。

紫極三階正，黄圖六幕春。

西圍房台階下墻門

蘭殿蓂方茂，璇宫莢正芳。

日永芳辰茂，椒香淑氣新。

吉祥如意門

三陽開泰運，一德啟乾坤。

東路佛堂隔斷雙扇門

經綸光上下，會合樂昇平。

惠風流玉砌，瑞色上金鋪。

路隨南極轉，門對北辰高。

東西佛堂後隔斷門

桂殿曉風和玉砌，芝房春色麗瑶階。

配殿内南隔斷左右單門

彩霞垂玉戺，旭日映珠簾。

祥雲環翠幄，瑞葉紀蓂階。

東圍房南廊門

秘殿春回，日臨仙掌動；昌辰瑞叶，星拱泰階平。

西三間朝北院墻門

玉律喜占元朔瑞，金甌長護泰階平。

太和殿

殿前面居中槅扇

龍德正中天，四海雍熙符廣運；鴻鈞回北斗，萬邦和協頌平章。

左一次間槅扇

仙杖啟蓬萊，日麗螭頭三秀茁；皇圖綿帶礪，扇移雉尾五雲飛。

右一次間槅扇

斗柄指蒼龍，萬國梯航瞻魏闕；日華來紫鳳，九天閶闔奏簫韶。

殿内東暖閣

罘罳駘蕩東隅曉，華闌縈回北闕春。

殿内西暖閣

八柱春明光玉陛，九芝時御映金鋪。

中左門

瑞靄麗中台，玉琯調元舒化日；香煙浮左个，金甌卜世慶長年。

中右門

令序紀青陽，五色雲中呈瑞旭；元音調太簇，萬年枝上扇祥風。

東耳房槅扇

華蓋接天中，春回北斗；紫微當日表，律肇東皇。

東圍廊槅扇

瑞應東皇，複道曉雲依北斗；祥凝左輔，長廊佳氣繞中央。

西耳房槅扇

旭日捧龍墀，天高北極；卿雲依鶴籞，地迴西清。

西圍廊槅扇

丹陛風和，常見蓬萊雲五色；紫微日暖，欣逢霄漢瑞千重。

左翼門居中

葭琯動初陽，近接彤庭營衛肅；條風占正歲，早開青瑣物華新。

左　門

北闕肇三陽，蓂階日月；東風和萬物，輦道蓬萊。

右　門

夏正啟千秋，民安物阜；春王大一統，海晏河清。

左耳房

有慶恩涵海，無私德應天。

右耳房

深仁滋沆瀣，元氣協韶鈞。

右翼門居中

視履法乾行，寶鼎雲生瞻羽衛；率由循義路，瑶閶日暖護龍旗。

左　門

盛德正寅杓，陽回玉籥；韶光輝甲觀，氣接崑崙。

右　門

魚鑰九天開，和風扇物；雞籌三統協，曉日先春。

左耳房

雲霞雙闕曙，天地一家春。

右耳房

亭育歸資始，裁成仰泰交。

體仁閣

黄道天開，東壁祥光騰玉宇；紫宸日麗，西山爽氣映瑶階。

弘義閣

畫棟凝熙，東望攝提輝曉日；彤庭延景，北臨棨戟動朝光。

東圍廊板門

天仗迴開雙闕曉，鑾輿遥度五雲高。

西圍廊板門

右掖雲光通紫氣，長廊星彩宛丹虹。

東圍廊南盡間板門

複道祥光連北斗，東風淑景麗中天。

西圍廊南盡間板門

丹陛日高雲五色，紫微星朗瑞千重。

東圍廊轉角朝北槅扇

地近勾陳，燦爛左垣分將相；天回閣道，輝煌東壁聚圖書。

西圍廊轉角朝北槅扇

彩鳳高騫，雲近蓬萊呈五色；翔鵾獨運，春歸太液集千祥。

柳綫舒英，左掖春光明玉樹；霞標浥翠，西山霽色上金鋪。

東西圍廊中間槅扇

北接卿雲，日上階蓂開正朔；東來紫氣，風回宫柳映長春。

律轉三陽，歲籥更新綿壽籙；恩覃八表，輿歌大愷樂春臺。

左次間槅扇

沆瀣浥丹霄，金掌仙盤承露曉；熙陽臨赤道，玉壺宫漏出花遲。

右次間槅扇

地接瀛池，萬丈春涵敷愷澤；門連丹禁，九重日暖麗韶華。

金掌春融，五色神芝生紫閣；玉階風動，千叢緑樹發青陽。

東西圍廊轉角朝北稍間板門

日暖飛甍朝北闕，風清丹地引南薰。

金榜曈曨晴日麗，瑶閶詄蕩曉風清。

太和殿後朝北居中槅扇

日上龍樓，萬歲尊前開壽宇；鑾回輦道，五雲高處護微垣。

左右次間槅扇

瑞啟中天，日映銅龍晴旭麗；春回大地，煙融寶鴨曉光開。

庶績咸熙，雲爛星輝天正午；太平有象，龍飛鳳舞世同春。

坤寧宮

東暖殿朝南槅扇

日麗蓬萊分彩仗，花開閬苑轉青旗。

南墻過門

麗日開芳甸，祥風滿禁林。

曲尺轉角門

日麗依春暖，天高篤慶長。

東墻過門

金甌元化轉，玉燭歲功成。

坤寧宫北圍廊東板院門二座

履端初啟節，喜慶早逢年。
星辰輝北極，雨露湛中天。

東板院内隔斷門

蕃釐歸内治，百祉萃長秋。
金鋪開麗景，玉燭應祥風。

北圍廊朝南板院門

璇題迎麗日，繡户倚祥雲。

南板院内隔斷

鳳吧榮璇籙，龍文焕寶匳。

板院外東三間房

玉砌祥風滿，彤庭彩旭長。

東板院西一間

湛露滋仙掌，彤雲映玉池。

東板院外西二間内雙扇

芳草緣文物，流鶯度畫欄。

朝西雙扇門

閣道風清千步輦，慶霄日麗萬年枝。

東圍廊朝西雙扇門

乾坤三朔正，閶闔八風平。

基化門

緑波西苑接西湖，春含碧樹；翠靄北山迎北闕，綵照銅盤。

板院南圍廊二座

御氣三霄接，天花八寶明。

物與人咸樂，春隨德共和。

南圍廊朝北雙扇門

雲窗延彩鳳，月宇護蒼龍。

永祥門大穿堂槅扇

東華燦爛日初昇，紫氣常依曉殿；北闕輝煌雲正麗，祥光偏護春臺。

永祥門

蟠桃千歲果，温樹四時花。

鑽山圍房雙扇門

蠶桑勤繭琯，璧月靄椒塗。

景和門

酌元符於斗杓，三辰麗日；集繁禧於宸極，五緯迎祥。

金鋪迎旭日，玉律轉年華。

左右耳房

壽星臨殿閣，佳氣護宫闈。

圍廊板墻邊門

雲深仙掖迥，日永聖恩長。

圍廊雙扇門

瑞轉龍樓曙，晴含鳳闕新。

律轉銅烏永，春來玉燕高。

北圍廊雙扇門

淑景開丹籞，春雲護紫宸。

永壽宮

近光右門

化日麗三陽，春回禹甸；條風和萬國，樂奏虞絃。

門内屏風門

璇宫翠擁千重秀，玉殿花開萬樹春。

左板院雙扇門

淑氣通黄道，祥雲護紫霄。

流彩連朱檻，騰暉照綺疏。

右板院雙扇門

春光披九陌，佳氣靄層雲。
星雲連北極，殿閣被南薰。

咸和右門

丹城繞祥雲，三陽大有；彤墀舒化日，一德中孚。

純右門

蓂莢迎暉，晴薰三秀草；椒花獻壽，春泛九霞觴。
履端膺五福，垂拱叶三多。

咸和門右東旁板房雙扇

彩旭臨黄道，祥雲護紫微。
和風開淑景，麗日發清暉。

咸和右門西旁板房雙扇

朱楹欣晝永，丹地慶春長。
長樂青門外，宜春小院中。

永壽宮門

玉甃徵祥，咸慶東皇日永；寶匳錫福，長占南極星輝。

左右單角門

靈草凝三秀，仙璈奏五英。

春臺人豫悦，化國日舒長。

西南角雙扇門

地迴回鸞輅，天高卓翠旌。

大殿前面槅扇

銅儀早布東皇令，錦色欣瞻上苑花。

大殿後面槅扇

六律人間移舜琯，八風天上動堯琴。

殿内東邊槅扇

玉燭調和九宇泰，金甌鞏固萬年康。

殿内西隔斷單門

山海扶皇極，星辰翊帝居。

東西配殿槅扇

榮光天仗北，協氣日華東。

和風傳鳳噦，香露擁鸞棲。

後殿槅扇

殿外春風縈鳳吹，宫中天樂奏鸞和。

後殿東西配殿槅扇

春晴鸜鵒語，日暖鳳凰巢。

棟迴金鳳舞，階轉玉龍蟠。

後角門

天階威鳳舞，禁籞早鶯調。

以上共三百五十二對。

卷四

鍾粹宮

大成左門

玉樓近接春光滿，琪樹遥分霽色開。

迎瑞門

麟趾春深千歲酒，鶯聲日暖四時花。

千嬰門

星轉璿杓，光映卿雲五彩；春回玉琯，祥開寶勝千枝。

鍾粹宫門

瑞雪霽南山，寒收玉宇；條風嘘北斗，春滿金甌。

鍾粹宫大殿前面槅扇

淑日景浮芝九節，光風香轉蕙千枝。

内左右槅扇

和風迎寶扇，曉日映金輿。

椒觴稱五福，彩勝慶三元。

大殿後面槅扇

珠綴春融翔鸑鷟，綺疏日曉映蓬萊。

大殿東西配殿

金輪輝上日，銀榜綴宜春。

三辰開泰運，五緯叶昌期。

大殿東西牆門

御氣通南極，祥光映上臺。

薰風蟠紫氣，旭日擁黄雲。

東西屏門

日長虬箭暖，風細鵲煙輕。
香外春風轉，花閒淑景移。

二層殿板門

日上千門曉，風來滿殿香。

二層東西配殿

玉琯開軒紀，珠琴入舜風。
曉日迎天仗，晴雲捧禁闈。

二層殿旁東西牆門

錦牆通淑氣，繡闥轉光風。
露彩浮金掌，星文繞玉樞。

東後角門

鶴鸞翔鳳籞，鳷鵲起仙樓。

寧壽宮外

錫慶門居中

億萬齡錫羨延洪，保定自天孔固；三千界重熙洊洽，祥和與物同春。

錫慶左右門

三壺景象，駐恒春釦砌，環迎戩福；六幕光華，徵復旦彤宸，茂集繁祺。

珠囊晷緯，召庥徵福界，垣臨太乙；玉燭年華，彰瑞應昌辰，澤溥由庚。

蹈和門外長街過牆門

瑞氣叶昭融，茂時敷煦；泰和徵豫順，化日承熙。

玉琯應和風，萬年枝暖；璇書開瑞靄，五色雲深。

七政順璿璣，春生薄海；四和調玉燭，慶洽敷天。

元象轉星杓，丹霄北拱；重門映宮樹，紫氣東來。

瀛海日初昇，祥占合璧；觚稜雲乍起，瑞擬懸華。

萬岫列芙蓉，晴環紫禁；五雲張玳瑁，春在丹霄。

斗極慶長庚，天衢接彩；梧岡欣卓午，黻座延薰。

蹈和門

壽曜呈輝臨紫籞，和風送暖入彤扉。

履順門

厚德開祥，藹瑄春迎景物；徽音流慶，椒塗日永華年。

朝西鐵門

彩旭春暹暄紫闥，琅霄朝爽接彤扉。

貞順門

順布四時春遍德，真恒二曜壽齊天。

朝北鐵門

春陽闓澤開三正，黼座蕃釐集九如。

朝東隨牆門

紫氣叶三陽，春生左个；絳垣連五緯，極會中央。

蹈和履順門外南北長街東西值房

九範苞符永，三壺日月長。

日華開鎖闥，雲物縵觚稜。

六符光斗極，五福邁箕疇。

曉霞凝紫綍，春雪映青稜。

履端膺五福，垂拱叶三多。

辰垣春合璧，海屋歲添籌。

瑶階榮瑞莢，寶扇映卿雲。

葵曦承輦路，莢月蔭那居。

九霄連沆瀣，五色近蓬萊。

選樹規瓊闥，停雲護碧欄。

絲桐鈞奏叶，階戺瑞煙凝。

珠簾昇暖旭，寶檻拂調風。

延輝知日近，積慶自天申。

佳氣浮黄道，卿雲潤紫垣。
弧極春雲麗，樹柯湛露濃。
晴光浮禁籞，春日上蓬萊。
書雲占復旦，益地慶長春。
琳瑯和六琯，風雨順三階。
奉三調化宇，綏萬協昌期。
三霄占斗極，六幕拱辰居
晴煙浮寶篆，韶景焕瑶蓂。

壽康宫上截

徽音右門外南牆門

彩勝銀旛開令序，椒盤柏酒度恒春。

南牆門外東邊小析房單門

九閶開壽域，一氣入春臺。

西邊茶飯房門

龍樓瑞氣三元節，鳳吪春深六律篇。

門内值房雙扇門

榮光浮玉燭，湛露浥金盤。

上林凝淑氣，太液漾清波。

西長街北頭牆門

鳥語花香，瑶池春正午；日華雲爛，蓬島歲初新。

壽康宫門

闔閭風和，瑞應金萱輝寶籙；蓬萊日永，祥呈仙莢耀春暉。

左右角門

柳煙深護爐香裊，山色遥臨樹影重。

上苑樓臺迎瑞靄，瑶池草樹發春光。

宫門外東西小板門

畫閣鶯聲早，雕欄柳色新。

旭日三階正，春風九奏和。

西邊板牆門

暖日祥雲迴，和風淑氣繁。

西長街南頭牆門

淑景兆熙春，芝泥永焕；太平昭上瑞，蓂莢長舒。

板牆門内值房三座

南來風應瑟，北拱宿如珠。

日長鳩拂羽，春暖草含薰。

卿雲浮五色，晴旭麗三陽。

大殿前面居中槅扇

厚德著璇宫，禁掖常尊堯舜；脩齡儲玉斗，春秋合慶真元。

左右槅扇

瑶殿凝庥，天上雲霞依舜篳；蓑衣獻壽，域中川岳捧堯尊。

水接西池，五岳圖形呈掌上；星明南極，九華芝彩照屏間。

殿内東西暖閣

篆成寶字題珠户，鏤出名花作玳筵。
四照花枝呈瑞景，五雲樓閣燦晴霞。

大殿後面居中槅扇

閶闔連雲，燦熳星光環紫極；罘罳映日，輝煌霞彩麗丹霄。

大殿傍東西板牆門

瑞雲常捧日，芳樹静迎春。
螭頭縈柳色，龍尾帶花光。

大殿東西圍房槅扇

恩渥九重敷湛露，時和萬里布春風。
霏微瑞啟星宫曙，縹緲陽回月殿薰。

東西圍房内隔斷門

柳浥金盤露，花明玉殿風。
寶幄天光迴，金輿日影高。

碧樹調黄鳥，紅雲擁紫微。
金鋪皆映日，寶几自凝香。

東西圍房雙扇門

疏簾昇暖旭，寶檻拂條風。
和風披寶樹，秀色燦瑶枝。

大殿東西配殿槅扇

淑氣滿彤庭，四時呈瑞；祥光凝上苑，萬物同春。
百福集春暉，祥呈瑶殿；萬年開景運，瑞應璇宫。

東西配殿内隔斷門

晴雪融春檻，朝霞映畫簾。
日暖芙蓉闕，春深鳷鵲樓。
歲開長日影，春上萬年枝。
日月開宫扇，煙雲協御香。

東西配殿後雙扇門

祥光騰北斗，佳氣靄西山。

山光含曉潤，樹影帶春深。

東西露頂内隔斷雙扇門

祥光天指蒼龍宿，喜氣人開白獸尊。

東露頂單門

瑶林凝淑氣，瓊宇燦韶華。

大殿前屏風門

晴色麗蓬萊，海山日永；韶光浮菡萏，天上春多。

宫門内東西板牆門

宫花競發紅千樹，御柳齊舒緑萬條。

仙掌煙濃承雨露，玉爐香細接蓬萊。

二層殿前槅扇

旭日映瑶階，萬年光被；矞雲連玉砌，五色祥凝。

二層殿後槅扇

佳氣集瑤墀，惠風和暢；祥光開寶籙，化日舒長。

殿前東西板門

北闕迎仙掌，東風啟物華。

祥光籠翠閣，春氣集瑤池。

二層照房西圍房往北後門

仁壽鏡開韶景麗，昭華琯叶惠風和。

壽康宫下截

二層東西圍房居中槅扇

春傍九霄多淑氣，日臨三殿起祥雲。

曈曨旭日懸金闕，縹緲祥雲映玉墀。

東圍房雙房門

瑤階三秀草，雲牖萬年松。

丹陛翔青鳥，璇宫秀紫芝。

西圍房雙扇門

玉宇韶光滿，金鋪瑞靄濃。

禁林春色曉，宫漏月華清。

三層殿左右圍房雙扇門

祥開春浩蕩，瑞啟日舒長。

花籠青玉案，旛颭緑楊絲。

右圍房後雙扇門

鶯聲春院静，花氣午簾清。

隨牆東西小角門

日華呈五色，芝草秀重台。

花光回閣道，星象應周廬。

隨牆門并東角門

瑞草遥分三島秀，琪花長占四時春。

日麗蓬萊分彩仗，花開閬苑轉青旗。

鐵門内東西值房雙扇門

瑞靄天街積，祥煙閣道平。
雲霞同獻瑞，草樹共迎春。
瑶華開霽靄，翠秀擁晴光。
晴煙浮寶篆，韶景焕瑶池。

二層殿前臺階上左邊單門

薰殿和風協，華宫淑景長。

二層殿後面東西穿堂槅扇

綺盤輝映千年寶，彩笈祥開五岳圖。
五色晴含仙莢露，九華香拂瑞芝煙。

穿堂東邊右圍房内隔斷

掖垣春應蒼龍曜，籞闥朝看紫鳳儀。

後隨牆門

玉檢長生籙，珠屏益壽圖。

穿堂後虎座門

鶯聲長樂曉，柳色萬安春。

右圍房内朝北雙扇門

輝迎南極珠躔朗，慶叶西池寶籙增。

永和宫

仁澤門

黄道呈祥，八表星環紫闕；青陽布澤，三階日麗丹霄。

德陽門

律轉璇樞，三殿星雲復旦；時調玉燭，千門花柳同春。

永和宫門

雲擁蓬萊，華琯咸調舜樂；春凝閶闔，祥蓂長紀堯年。

屏風門

光生霽月宫花紫，曉入春雲苑樹紅。

大殿前面槅扇

霄漢星輝聯玉闕，樓臺月霽映瑶階。

殿内東隔斷

五色雲光連鳳闕，九重霽景繞龍墀。

殿内西隔斷

花發三珠依絳闕，露滋九畹茂彤墀。

大殿後面槅扇

天仗曉移三殿月，日華春麗九重雲。

東西配殿槅扇

朝暾輝翠幙，夜月護珠簾。

珠綴星辰燦，爐煙霧靄重。

大殿旁東西牆門

御柳祥煙重，宫花淑景融。
銅扉懸麗日，金闕護祥煙。

二層殿板門

旭日初昇丹闕麗，彤雲交映綺疏新。

二層殿東西配殿

春融仙掌露，日照御筵花。
碧霄開鳳扆，紅旭耀龍樓。

二層殿旁東西邊牆門

金輿迎日馭，彩仗焕雲章。
鶯囀龍墀曉，花明鳳掖春。

東西後角門

春回禁苑鶯花早，日永宫闈歲月新。
玉砌風和翔鳳彩，金鋪日麗輝龍文。

延禧宫

麟趾門

璚雲曉護蒼龍闕，玉斗春回紫鳳城。

昭華門

黄道新開，風送鈞天雅奏；青陽肇啟，煙涵玉宇晴暉。

凝祥門

麗日騰輝，玉律三陽和轉；晴雲布彩，璇宫五福同臻。

延禧宫門

紫禁迎春，瑞拂千條御柳；丹樓映日，祥開萬樹宫花。

延禧堂大殿前面槅扇

春雲爛熳凝丹陛，曉日光華麗玉墀。

大殿後面槅扇

日上天門晴色麗，花明春殿歲華新。

大殿前東配殿雙扇門

三辰瞻復旦，萬象樂昇平。

大殿前西配殿雙扇門

薰風來紫闕，瑞莢秀彤庭。

大殿旁東西牆門

芳芝縈碧砌，瑞莢耀珠扉。

恩波涵大液，瑞氣挹蓬萊。

東西屏門

星文瞻太極，樹石接方蓬。

樓臺天上景，花柳日邊春。

二層殿板門

珠樹春深鶯百囀，瑶宫花發月千重。

二層殿東西配殿

花開珠樹曉，香滿玉階春。

雲隨香案駐，風度玉欄來。

二層殿旁東西牆門

月殿春暉早，星宫淑氣多。
露凝鴛瓦碧，花近鳳池香。

東西後角門

輦路風和迎紫鳳，天衢日暖護蒼龍。
翠華飛動千門曉，玉樹葱籠萬國春。

慈寧宫中宫

大門

天際仰龍樓，八埏有慶；雲中扶鳳輦，萬壽無疆。

屏風門

曉露幄璇闈，高擎金掌；和風融紫殿，細轉銅壺。

大殿前面槅扇

佳氣靄彤廷，瑶花馥郁；晴煙連天苑，琪樹蘢葱。

大殿後面槅扇

天保福如川，慶敷禹甸；風光春似海，瑞應軒圖。

殿内隔斷

彩雲飏座晚，瑞靄入軒多。

東西配殿槅扇

祥煙入座香浮几，瑞靄迎簾月到庭。

燦爛星光環紫極，輝煌霞彩麗丹霄。

東露頂雙扇門

龍光輝玉戺，燕喜集雕檐。

東西板門

風和春晝永，日暖曉煙收。

綺疏佳氣滿，玉戺湛恩多。

後圍房居中板門

斗柄春回雲彩度，宫壼晝静日華明。

左右雙扇板門

水光連曙碧，山翠入簾青。

佳氣傳瑶圃，祥光護玉枝。

東西廂房板門

大安花襯輦，長樂月當軒。

蠶桑勤繭館，碧月靄椒塗。

慈寧宫

宫門居中

景福集璇宫，億萬斯年，永登仁壽；慈寧輝寶殿，千八百國，莫不尊親。

左右宫門

玉階曉擁珩璜，天上廣雲移寶扇；金闕遥趨劍佩，春來瑞氣滿瑶池。

麗韶景於履端，璧帶風微翔彩燕；耀春輝於復旦，簾衣晝静響銅龍。

左右隨牆門

瑞日景星，四時佳氣滿；薰風湛露，五緯太階平。

泰運天開，慶雲輝五色；春暉晝永，瑞露浥三霄。

東西永康門中間

藻景耀中天，瑞啟萬安殿外；矞雲垂北極，祥呈長樂宫前。

銅琯轉三陽，爛熳玉階春色；銀旛裁五福，紛輪寶殿恩光。

東左右門

天開閶闔雲霞合，地近蓬壺日月長。

金花鏤勝春光好，緑仗縈絲淑景新。

西左右門

朱欄繡柱延晴日，翠羽金花得好春。

瓊樓瑞靄千重繞，金殿祥光萬象新。

慈寧宮東宮大門

御柳宫桃，春光三殿迴；銀旛綵勝，瑞色九霄多。

長街東西牆門

令啟青陽，和風調玉琯；天開黄道，麗日耀金屏。

雲啟天閶，八方融淑景；律調陽琯，萬物荷恩光。

慈寧宮西宮大門

玉琯應和風，萬年枝暖；璇霄開瑞靄，五色雲深。

慈寧宮花園

長信門西邊牆門

珠樹暖暉開令序，瓊霄晴靄應昌期。

長信門居中

氣轉春韶，暖律和風，休徵昭豫順；運開泰象，祥光瑞靄，羣彙兆繁昌。

左右門

春豫叶昭融，茂時敷煦；泰和徵協順，化日承熙。
七政順璿璣，春生薄海；四時調玉燭，慶洽敷天。

咸若館殿前槅扇

慧日朝升，朵殿迴開金粟地；法雲春暖，香林常燦寶蓮枝。

東西配樓上槅扇

慧日舒長延愛景，天花馥郁藹春風。
窣堵金浮六合塔，曼殊花發萬年枝。

東西配樓上槅扇

兜率旃檀諸佛海，華嚴樓閣化人居。
瑞塔鐙明齊日月，慶霄樓迴燦雲霞。

後正樓下居中槅扇

北斗泰階平，儀鳳翔雲環錦幄；西池佳氣繞，袞龍愛日侍斑衣。

後正樓下左右次間槅扇

寶幄呈庥，百卉祥雲霏玉座；璿宮介祉，九華晴日麗金鋪。

玉宇恒春，瑞靄遠籠三禁柳；彤闈集福，祥雲長護九如松。

咸若館殿前東西更衣殿牆門

蘭陔介景祥風洽，萱苑開韶寶勝滋。

芝徑松楹融瑞靄，琪花瑶草麗芳春。

牆門内殿前槅扇

日耀東瀛，璇室問安雲似綺；星回北斗，珠宮寄賞物皆春。

玉律風和，桃杏春暄巢鳳閣；金鋪雪霽，星辰路映濯龍池。

慈寧宫

彩勝青陽宜首敘，風調蒼節應南薰。

南牆門外倒座值房

露養仙人掌，煙霏天姥峰。

九重迎旭日，雙闕靄祥雲。

大門旁長街南頭牆門

金鋪日麗迎春色，玉琯風和啟歲華。

長街内中所隨牆朝西門

曉露正隨仙仗傳，晴雲恰傍羽旗多。

頭所大門外東值房雙扇門

玉砌芝長秀，彤墀蓂正芳。

露濃花影麗，春永鳥聲和。

慶雲垂寶幄，嘉樹蔚丹霞。

大　門

旭日麗天輝五色，條風應律肇三陽。

慈寧宫中所

大　門

卿雲捧日當黄道，瑞靄從風颺紫霄。

慈寧宫三所

大門外慈祥門内屏風門

紫極繞祥雲，天申百福；丹霄連喜氣，人慶三元。

大　門

麗日耀銅輝，祥光啟泰；熙春諧玉琯，□理調元。

大門内屏風門

上林旭日祥光繞，太液晴波瑞靄浮。

大殿槅扇

露文曉裛彤階麗，斗柄春隨寶闥調。

大殿後廡座門

慶雲依畫拱，柔緯度華躔。

大殿旁東西板牆門

瑣闥和風暖，瓊霄旭日高。

御苑彤霞燦，璇宫瑞靄明。

東圍房雙扇門

斗杓初應節，律轉正調元。
祥煙融上苑，淑氣繞瀛洲。
碧墀開寶仗，紫極護珠簾。

西圍房雙扇門

日彩明仙仗，天香護衮衣。
蘭殿蓂方茂，璇宫草正芳。
瑞日浮青瑣，光風動彩旗。

西圍房單扇門

花明鸞掖月，春滿鳳城天。
鴻鈞昭萬象，紫極耀三光。

二層雙扇門

華芝舒玉砌，瑞草拂雕欄。

東西板門

瑶軒春色麗，碧宇曉風和。
旭日千門曉，和風萬國春。

西圍房單門

丹階回淑氣，玉户度暄風。

東圍房單房門

雲彩彤墀麗，花光玉宇明。
青律調春淑，丹曦展曙華。

内東二所

大　門

光映珠簾凝瑞日，香浮寶鼎護祥雲。

内東三所

大門

玉階柳拂金輿轉，珠樹花濃寶扇開。

内東四所

大門

璇宫翠擁千重秀，玉殿花開萬樹春。

内東五所

大門

翠華禁麗千門曉，玉樹葱蘢萬國春。

坤寧宫中路

交泰殿前面槅扇

居一得元，秉神符而永極；交三成泰，捧寶勝於重華。

東西面槅扇

綺旭麗當陽，千門洽慶；瑶階凝瑞靄，萬福來同。

萬化轉璇樞，本天本地；一元開瑞莢，資始資生。

後面槅扇

茂對昌辰，鳳紀凝禧有象；丕光純嘏，龍躔集福無疆。

東丹墀下蹉蹗南朝東板門四座

三光連紫極，五位協青陽。

璇璣輝北斗，瓊琯和南薰。

卿雲迎絳闕，瑞氣近黄扉。

翠樹縈仙仗，芳椒獻壽杯。

西丹墀下蹉蹗北朝西板門五座

碧草承金輦，紅雲近玉墀。

五彩卿雲見，三霄湛露濃。

日高騰紫靄，風細上青雲。

紫宫七緯近，彩仗五雲多。
星辰環紫極，風日麗青陽。

坤寧宫大殿内神廚槅扇

延美大光同百順，中參成位奉三無。

東穿堂前槅扇

和鐘六甲迎黄道，玉殿三陽降紫泥。

東穿堂後槅扇

地接瑶池佳氣滿，天開玉牒慶元長。

東穿堂内朝南隔斷槅扇

淑氣回仙禁，祥雲靄御屏。
光風融繡檻，霽景麗椒塗。

西穿堂朝南前槅扇

璇璣已正三階泰，玉琯初回六苑春。

西穿堂後槅扇

日透珠簾昇碧海，龍蟠玉吧接金鼇。

西穿堂内隔斷槅扇

宮花競報紅千樹，御柳齊舒緑萬條。

大殿後面居中槅扇

吉叶黄裳，天地定兩儀之位；和凝翠幄，子孫衍百世之祥。

左右次間槅扇

寶瑟和瑶琴，百子池邊春滿；金柯連玉葉，萬年枝上雲多。

珠紱繞龍屏，寶炬光聯玉籙；璁題懸鳳扆，彤雲瑞應彤墀。

乾清宫

大殿前面居中槅扇

紫極帝車，中天臨太乙；青陽王會，始運啟元辰。

左右次間槅扇

瑞靄護宸居，三陽啟泰；星躔環帝座，六宇同春。

歲序慶三元，祥呈玉燭；春和開萬彙，氣轉銅龍。

東穿堂朝南内槅扇

彩色焕東皇，光騰北極；清輝迎左个，瑞繞中央。

東穿堂朝南槅扇

乾德應昌符，祚縣億載；春光回淑氣，歡動千門。

西穿堂朝南槅扇

旭日麗丹霄，一人有慶；祥雲環紫極，萬壽無疆。

西穿堂朝南内隔斷

瑞草沐堯天，香生玉砌；慶雲扶舜日，光動金鋪。

大殿後面居中槅扇

紫極扆卿雲，璿齊七政；青陽開曉日，景曜萬年。

大殿後左右次間槅扇

天得一以清，永膺乾籙；陽交三而泰，順應坤儀。

淑氣肇東皇，三辰叶瑞；卿雲連北斗，萬象凝禧。

後面東穿堂朝北槅扇

五位握乾樞，堯天慶溢；三陽開麗景，舜日光融。

後面西穿堂朝北槅扇

乾德紹羲軒，圖成一畫；春光周海宇，瑞啟三陽。

西路外圍

武英殿居中正門

四庫藏書，寶笈牙籤天禄上；三長選俊，縹囊翠軸月華西。

左右門

日暖重門，光風飄玉軸；月高朵殿，藜火照瑶編。

瓊笈瑶函，天開稽古地；緗梅翠柳，春在右文時。

咸安宫門居中

行慶恩深，陽春資發育；右文典重，雲漢仰昭回。

左右角門

東風已緑瀛洲草，閣道回看上苑花。

綈緗常染鑪煙細，臺殿全依扇影高。

上衣監大門

天上垂衣明藻火，日邊珥筆頌星雲。

慈寧宫花園後朝西大門

斗柄轉瓊霄，人間春好；露華和玉屑，天上恩濃。

永康右門外茶膳房

甘雨和風調玉琯，椒花柏葉獻金盤。

九陌光風調玉律，三春霽雪發瓊枝。

神鼎上方調六膳，宫壺春色釀三漿。

隆宗門外板房門

文物通金馬，鶯花富石渠。
共瞻霄路近，倍喜露華濃。
星臨連左掖，花發勝南枝。
曉月簪毫地，疏星聽漏時。
星辰通上界，翰墨近西清。
柳外鑪煙重，花閒漏點遲。
雲霞高册府，象緯麗金垣。
松牖卿雲燦，蓂階旭日高。
日臨禁籞三辰正，風度仙韶萬國春。

座西向東牆門

晴煙浮寶篆，韶景焕瑶階。
曙色輝黄闥，春雲護紫宸。
春來鼇禁早，雲傍鳳樓多。

榮光浮玉燭，湛露浥金盤。
彩雲飄玉陛，瑞靄遶瓊樓。
華祝符穹貺，嵩呼協聖齡。
瑶階三秀草，雲牖萬年松。

造辦處後門

紫禁恩光輝玉府，清時製作重冬官。

白虎殿大門

東華協律諧金琯，北極凝光護玉宸。

永康左門外往北慈祥門

景福方長，晴光開玉宇；春暉正永，瑞靄映璇宫。

往南啟祥門

瑞映星樞環紫禁，春臨斗柄轉青陽。

中正殿長街東西牆門

瀛海日初昇，祥占合璧；觚稜雲乍起，塵協非煙。

萬岫列芙蓉，晴環紫禁；五花張玳瑁，春在丹霄。

壽安宮對過後鐵門

日映罘罳春浩蕩，雲生藻井暖絪氳。

神武門西邊該班房

雲垂寶幄臨青瑣，星動瑶光麗紫霄。

慈祥門外西邊朝北鐵門

丹樓日暖浮佳氣，碧殿春融繞瑞煙。

内務府大門

黄道日臨元象迴，青陽令啟渥恩多。

以上共三百二十四對。

卷　五

御花園

瓊苑東門

雲樹參差，飛翠數峯蘿磴外；池亭縈繞，垂虯百尺竹泉間。

瓊苑西門

花柳暄妍，大地物華歸禁秘；星雲景慶，遥天瑞氣接皇圖。

承光門

旭日轉彤墀，樂奏漢汾瞻郅治；和風來紫禁，詩歌燕鎬際昌期。

延和門

淑氣氤氲，四序文章獻瑞；條風披拂，一天錦繡流輝。

集福門

璇琯調陽，淑氣迴浮青瑣；羲輪正午，韶光常麗金鋪。

坤寧宫後門

麟定螽詵，叶二南於彤管；星軒月殿，配一德於丹宸。

左右耳房

年華浮柏酒，春色上桃符。

五雲多喜氣，七曜聚祥光。

後門外左右槅扇

日迎花影上，春逐柳枝間。

蘭徑風微飏，椒塗景倍新。

澄瑞亭東角門

早映曈曨景，常披長養風。

澄瑞亭前面槅扇

日麗天垣，雲閣曉覘雙鳳闕；風清御苑，仙墀春燦萬年枝。

澄瑞亭朝南左右槅扇

景運舒長，天上慶雲環紫極；太和翔洽，日邊甘露湛瑶墀。

旭日轉晴光，錦砌彩芝叶頌；祥光開瑞景，瑶階珠樹騰輝。

澄瑞亭後面槅扇

律轉陽和，禁院風光行處好；時逢吉泰，上林雲物望中新。

延暉閣上南面居中槅扇

樹石接蓬萊，五色矞雲成幄；軒窗騫象緯，千秋寶籙凝圖。

摛藻堂板院門

風雲騫鳳藻，海嶽絢龍文。

蓺林羅象緯，文府集珪璋。

南板門

薰絃風澹沱，仙漏日舒長。

摛藻堂

紫闥雲開晴旭暖，寶簾晝永惠風和。

御景亭四面

陽春并沐金莖露，泰運常依玉燭光。
瑞氣曉含金掌露，祥風晝永玉鑪香。
映日樓臺雙鳳闕，自天雨露萬方春。
花依砌石舒新柳，香拂簾鉤帶曉雲。

養性齋居中槅扇

北闕晴暉含草樹，西山佳氣入樓臺。

養性齋左右槅扇

奇石自成千古秀，好花常占四時春。
芳林向日全舒錦，春鳥迎風自解歌。

萬春亭朝南面

柳色青拖金縷細，桃花紅映玉階妍。

萬春亭東西二面

三島祥雲開泰始，九天麗景轉洪鈞。

玉樹凌風凝瑞彩，名花向日噴天香。

萬春亭朝北

蓬萊佳氣迎新柳，禁闥祥雲帶曉鶯。

千秋亭朝南

元化無形歸睿慮，太虚有象見天心。

千秋亭東西二面

率土歡呼歌渥澤，普天清晏沐深仁。

日近蓬萊翔海鶴，春浮菡萏拱山龍。

千秋亭朝北

自得天機齊動静，每先物候協乾坤。

位育齋

苞符并契中和德，橐籥均歸廣運心。

絳雪軒槅扇

百子池邊雲色霽，萬年枝上露華新。

延暉閣下層居中

雲擁九重，遥接鳳樓之色；風生萬户，半分龍衮之光。

長康左右門

日麗堯階，掩映樓臺聯上苑；風清禹甸，參差花樹蔚天香。

上苑春深，鶯囀層樓增瑞景；禁城花發，蓂開七葉應休徵。

暢春門

淑景兆熙春，芝泥永焕；太平昭上瑞，蓂葉長舒。

乾清宫

東暖閣

五色晴含仙莢露，九華香拂瑞芝煙。

五色祥光開雉扇，九霄慶靄集龍墀。

西暖閣

萬象熙春環紫極，千門迎曉麗青陽。

東穿堂

玉殿松雲輝彩仗，瑶階蓂葉護祥符。

西穿堂

閶闔風和調歲籥，罘罳雲麗繪春臺。

坤寧宫

正門

寶勝紀韶華，屏開百福；猗蘭凝瑞靄，籙受千春。

暖閣西門

萬福來同歡動植，六符咸正慶康平。

東暖閣穿堂

喜祉頻仍，天長而地久；仁恩洪鬯，日焕與山巍。

正槅扇

延美大光同百順，中參成位奉三無。

毓慶宮

惇本殿東暖閣

六幕啟祥輝，韶華延喜；三階環福曜，綺序宜春。

西暖閣

金鏡耀重輪，光迎暖旭；寶華開四照，瑞叶條風。

養心殿

東西暖閣

嘉節陽和天共永，深仁雨露物皆新。

化調玉燭成交泰，政協璿璣兆屢豐。

後楄扇

應時瑞莢開堯砌，獻歲卿雲擁舜裳。

建福宫

東隨墻門

濠濮悠然，一亭心愜林泉想；鳶魚咸若，四面天開罨畫看。

左　廊

三靈和晏，九服清怡，巍焕文章日盛；翔鳳爲林，秀芝成圃，太平圖畫天開。

右　廊

階無玉璧，户不金鋪，賞心在天然景物；草銜長帶，桐垂細乳，寄情於静處風光。

前槅扇

日麗彤墀，五色露凝仙掌；雲開紫極，九華春暖瑶階。

後槅扇

七政齊於璇璣，連珠合璧；四時和爲玉燭，甘露祥風。

後左門

琪樹風和，縹緲花香浮閬苑；珠牕日暖，葱蘢佳氣護蓬萊。

後右門

山意銜寒，雪點宫梅春欲發；岸容待臘，煙含御柳日初融。

延慶殿

前槅扇

舜日初長，晴光摇禁苑；堯蓂新展，春色滿樓臺。

後槅扇

淑氣到華軒，梅芬綻玉；春風生廣殿，柳色垂金。

延春閣

值房翔鳳館

日彩泛槐煙，北極朝暉連座紫；韶光催柳色，西山爽氣映簾青。

樓下東西門

璣轉春星，玉柳風輕摇碧彩；城融寒雪，瓊枝日煖照紅英。

寶殿風輕，檻外花光明玉仗；金鋪日麗，枝頭燕語近珠簾。

樓下南門

香布曉煙中，芳輝滿樹；日昇晴嶂外，綺繡成雲。

樓下北門

寶字鏤銀楣，光映三霄瑞氣；卿雲扶鶴籥，香飄大地春風。

樓上東西門

花開合殿飄香，光浮錦幕；鶯到上林傳語，韻叶簫韶。

玉琯新回，碧砌萬年枝秀；璇衡麗正，丹霄五色雲深。

樓上北門

銅池湛露流膏，芝蘭秀茁；綺閣明霞絢綵，梅柳晴薰。

隨牆門

與萬物以皆春，四時美景；揮五絃而解愠，一曲薰風。

樓上南門

樓殿玲瓏，珠箔晴烘舜日；雲霞縹緲，璇樞朗映堯階。

正槅扇

曉日上春霞，五色恩光輝紫極；和風傳禁漏，六時清韻遞蓬壺。

樓下向北

春生玉琯純禧集，花覆瑶階淑景融。

樓上面北

玉檻玲瓏晴旭麗，金鑪馥郁瑞煙濃。

樓上面東

雲彩星紋多瑞象，珠林玉府總春華。

樓下向東

瑞草早承天上露，春風先發苑中梅。

新樓上槅扇

玉英煖映玲瓏，如畫樓臺輝五色；冰蕊春敷澹蕩，生香瓶盎藴雙清。

新樓下槅扇

仙壺淑景初長，座上花光明玉檻；元圃韶華正啟，樓頭旭影輝冰疏。

敬勝齋

正楹扇

春色曉皇圖，鄒律漸吹金谷暖；芳煙浮紫禁，堯蓂看傍玉階新。

東廊門

瑞靄麗彤檐，綵勝繽紛呈百福；和風盈玉宇，芳椒馥郁頌千秋。

東穿堂

星回北斗祥雲見，節應東風瑞莢舒。

又東廊門

草木敷榮當霽景，江山秀發正清時。

凝輝堂正門

齊景燦芳辰，玉律新頒元朔瑞；年華翔淑氣，金甌長護泰階平。

遊　廊

淑色動芳年，萬朵宮花明玉樹；韶光開令序，千門御柳映金隄。

德日新向東

六龍整馭天行健，萬象含輝地道光。

向　南

元化靄三春，德符順布；陽和融萬象，歲籥新調。

妙蓮花室

暖徵春藹三株樹，瑞兆農祥六出花。

碧林館

玉砌春催花爛熳，雲屏曉啟日曈曨。

静怡軒

垂花性存門

藻焕娜嬛，遥契圖書龍馬；風清鳷鵲，閒看棟牖松雲。

屏　門

晝漏入春長，草染緑波生太液；檐暉隨日暖，花扶紅雪上披香。

遊　廊

佳氣洽清時，五色芝含仙露種；韶華迎福履，九如圖向岱崖探。

前正槅扇

佳氣葱蘢，綺榭遥迎暖翠；祥風駘宕，珠庭燦發芳華。

後槅扇

鵲觀雲晴，光涵金掌露；龍津風暖，波動玉壺冰。

吉雲樓上

法雨遍恒沙，人天歡喜；慈雲開寶界，佛日光輝。

樓　下

丹掖繞祥煙，有象太平開寶地；碧蓮凝湛露，無邊春色靄香台。

東角門

春暖萬年枝，花發瑶階輝錦繡；祥開五雲閣，露凝寶帊映珠璣。

慧曜樓下

若木凝華，琪樹金枝，輝映蓬萊仙界；寶輪騰彩，鉢雲花雨，皈依兜率陀天。

慧曜樓堆房

芳挹韶華通曲徑，暖浮綺旭上疏櫺。

建福宫前路

後殿正槅扇

鳳紀新緌，日月光華盈宇宙；龍圖丕焕，山川符瑞應昇平。

撫宸殿中槅扇

日麗金扉，梅蕊乍舒凝瑞靄；風和青瑣，柳絲徐動拂祥煙。

東槅扇

紫閣宜春，花開千樹麗；晴窗挹翠，山傍五雲多。

西槅扇

紫極回春，陽和隨處滿；祥風布德，樂事萬方同。

後槅扇

節候呈祥，雲凝三秀葉；風光啟瑞，彩結萬年枝。

左廊門

瑶林天霽，景雲高朱閣，祥光焕彩；閬苑日長，宫樹暖金芝，瑞露呈祥。

右廊門

彤雲滿護瓊樓，大地文章春燦爛；絳彩初舒蕙圃，光天景象日曈曨。

重華宫

宫　門

萬象生輝，總歸乾運健；六符正位，永慶泰階平。

屏　門

天紀驗昭回，道隨時茂；歲功資發育，恩共春長。

東西正角門

曉色凝丹檻，春聲徹絳霄。
太液流波遠，芳林度漏遲。

東西順山

香馥芝蘭，花擁彤墀春似海；祥徵麟鳳，光騰銀榜氣成雲。

雉尾雲開，香靄階蓂承瑞露；螭頭日暖，青回宮柳應光風。

明　殿

璇階風轉花催舞，綺閣晴開鳥送歌。

翠雲館正楄扇

蓬池日暖浮珠露，元圃風和藹玉煙。

東西耳門

春台麗景占同樂，玉燭祥光慶永調。

飛龍叶紀回蒼宿，巢鳳和聲集紫庭。

東配殿

百和香霏，絪緼雲五色；萬年花發，輝映日重光。

西配殿

畫棟麗朝暉，堯階春永；金壺傳晝漏，舜瑟風調。

東西角門

鳳璧雙丸合，驪珠五緯聯。

蓂莢縈爲書帶草，芝蘭開作太平花。

漱芳齋

正　殿

春風澹蕩靈和柳，麗日蘢葱露井桃。

大台東角門

緱嶺仙音遠，鈞天雅奏長。

鼓棚内東西畢門

芝草兼三通地脈，梅花第一見天心。

東壁藏書丹篆密，西山介壽玉崑高。

西角門

錦屏低廨月，繡幕簇魚雲。

大台西南角門

漏滴方壺春晝永，影移温樹日華遲。

東正角門

紫鸞騰寶樹，青鳥近瑶池。

西正角門

剪綵宜春勝，泥金祝壽旛。

東配殿

春回黍谷三陽泰，氣轉鴻鈞六律調。

西配殿

宥密單心符健運，光華敷治播和風。

西板墻門

羣玉有山皆映雪，蕊珠何樹不迎春。

東耳房

金掌露珠滋蕙畹，玉池冰鏡映梅窗。

正角門

夏宇延清賞，春臺盎太和。

鼓棚西向北

香煙融湛露，仙樂駐祥雲。

鼓棚東向北

碧霄飄風吹，紅旭映龍旗。

中東正角門

雨金歡禹甸，時玉慶堯封。

後殿東配殿

春殿花明雲靉靆，御罏香靄晝氤氲。

後殿西配殿

仁壽鏡光開萬象，昇平麗景祝三多。

東耳房向西

鳳紀肇開金勝節，麟編長驗玉調辰。

前面向東角門

恩光催上曈曨日，和氣蒸成浩蕩春。

前面向西角門

吉曜天垂資福象，仙韶風送慶豐詞。

東耳房

香浮百和氤氳氣，花發千年長養功。

西耳房

九光芝挹銅池潤，三素雲連寶扇輝。

崇敬殿

東佛堂

天花善結菩提果，鼎篆香成貝葉文。

西佛堂

燈傳初地禪心静，香散諸天佛座高。

東槅扇

堯蓂向南榮，九華麗日；軒芝臨北斗，四照翔雲。

西槅扇

五位當陽，衢謡三祝願；九閶達旦，洞見萬方心。

明間槅扇

碧落春遲，窗間延舜日；青郊晴秀，屏上繪豳風。

東西正角門

雪融鳷鵲觀，花滿鳳麟洲。

華蓋中樞正，珠庭協氣通。

東西配殿

朱草含芬輝釦砌，青鸞迎彩上觚棱。

仙露凝香浮寶甕，條風扇影轉金鋪。

東西順山

緯地經天，珠囊垂四表；左日右月，寶鏡照中央。

日紀雲書，寶圖縣瑞應；風調花信，玉琯按韶華。

後槅扇

書奏嘉禾，秋豐雙穗麥；詩歌苞竹，春茂萬年松。

保中殿槅扇

寶鼎香縈金匼匝，雕闌花發玉玲瓏。

裕德殿槅扇

瑞旭九天開錦繡，卿雲五色繞蓬萊。

藝　文　叢　刊

第　七　輯

105	歷代名畫記	〔唐〕張彦遠
106	澹生堂藏書約(外五種)	〔明〕祁承㸁等
107	呼桓日記	〔明〕項鼎鉉
108	龔賢集	〔明〕龔　賢
109	清暉閣贈貽尺牘	〔清〕惲壽平
110	甌香館集（上）	〔清〕惲壽平
111	甌香館集（下）	〔清〕惲壽平
112	盆玩偶録	〔清〕蘇　炅
	栽盆節目	李　桂
	盆玩瑣言	李南支
113	西湖秋柳詞	〔清〕楊鳳苞
	西湖竹枝詞	〔清〕陳　璨
114	小鷗波館畫學著作五種	〔清〕潘曾瑩
115	**故宫楹聯**	**〔清〕潘祖蔭**
116	曾文正公嘉言鈔	梁啓超
117	飲冰室碑帖跋	梁啟超
118	弄翰餘瀋	劉咸炘
	書法真詮	張樹侯